U0004936

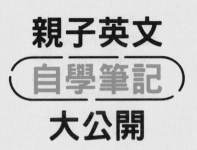

親子英文 自學筆記 大公開

小六多益 980 分、國三 965 分
的閱讀養成計畫

傑瑞懷特
Jerry-White

本書推薦書籍之封面與內頁圖樣，因為版權問題恕無法提供高解析版清晰大圖
讀者若有意進一步了解該書籍內容
請依本書提供之參考資料及購書網址 QR Code 自行查詢或直接購買

晨星出版

目次
Contents

CHAPTER 1 | **為學習充飽電**

CHAPTER 2 | **怎麼學？讀什麼？**

CHAPTER 3 | **考試戰爭我不怕**

CHAPTER 4 | 源源不絕學習力

大家
都想問的
Q & A

小二生讀《哈利波特》原文書

1.

大量真實操作紀錄片，完整呈現讓讀者眼見為憑！

2.

家長們的救星：
沒有慧根，也要會跟，一步一步跟著懷特叔叔做就對了！

3.

非英語專業，
依舊訓練出傑出的孩子！
你也做得到！

4.

找對方法、找對教材、從
小閱讀哈利波特原文書，
也是小菜一碟。

5.

真的只有看故事書、聽
故事書，多益就可以考
980 分、965 分！

6.

一本與眾不同可以用十幾
年的高 CP 值英語寶典！

傑瑞懷特（Jerry-White）

一位陪著孩子學習英文而愛上英文的英文瘋狂學習者

一位心中總是充滿學習英文心得的英文 loser

一位喜愛分享自身學習經驗為英文著迷的狂熱分子

　　感謝在自學英文的過程中，適時給予懷特協助的英文老師，以及內人與兩個孩子的共同回憶與支持才能夠順利完成這本書。同時也感謝國內英文繪本啟蒙教母廖彩杏老師，因為我十幾年前在《用有聲書輕鬆聽出英語力》這本書中，找到了適合孩子的啟蒙教材，才得以順利接續孩子在更高層級英文能力的發展。

小六多益 980 分

國三多益 965 分

此外，衷心感謝國內英文出版界知名大師楊智民老師引薦下，傑瑞懷特（Jerry-White）得以與晨星出版社合作，才有此機會分享我的個人經驗。寫這本書的理念與初衷是希望能夠分享成功的經驗！曾經是英文魯蛇的爸爸，如何陪伴孩子自學英文的經過，分享可能會遇到的困難、以及親身實驗後的解決方法。別擔心自己英文不好，我做得到，我相信你也做得到！「如何開始」學英文遠比「何時開始」更重要！有任何問題歡迎聯絡我，我一定盡全力協助！希望大家都有金色證書可以拿！

Mail：cliomilk2016@gmail.com，我們一起討論研究，或讓我提供建議來協助你。

最後亦將此書獻給栽培我長大的父親與母親，我永遠是最愛你們的兒子！

Jerry-White

「浸潤式」無痛接軌的英語學習法,數學老師的英語魔力!

南一書局英語教育處處長
林秋萍

認識 Jerry-White 老師已經將近 20 個年頭。他是一位超級認真且超會教數學的好老師,且由他主筆精心編寫的數學教科書與學習講義,除了擁有完整的觀念解說及詳細的學習及解題步驟,更把數學的各種觀念藉由生活化的舉例,將數學素養精神發揮到極致,並帶領學生們融會貫通的學數學,愛上數學。

是的!這就是 Jerry-White 老師的數學魔力!

Danny 跟 Johnny 是 Jerry 老師兩個非常優秀的孩子。從小 Jerry 老師就非常注重讓孩子們接受多元學習的教育,尤其是在英語學習方面,早早就起步。

因為我回國後就開始教授兒童美語加上後來進入出版社編製英語學習教材,因此與 Jerry 老師認識後,我們也常常討論與分享英語學習的相關方法與資訊。令我印象非常深刻且非常敬佩 Jerry 老師的是他對孩子們英語學習的重視與用心,他會隨著兩個兒子的年齡與英語能力,不斷地找尋適合多元的英語學習教材,從繪本、故事書、讀本、小說,培養學習興趣與閱讀能力,並且在家裡營造「浸潤式」無痛接軌的英語學習環境(如:睡前、醒來、坐車、洗澡都在聽英語音檔),平常與孩子們用英語交談;且會運用網路學習資源、用英語做簡報,拍影片(大兒

子謙謙喜歡玩魔術方塊，也用全英語拍攝短片），這些都是讓孩子們有機會將所學的英語用在生活上，且對英文充滿喜愛與熱情，即使難度再高的英文小說都能挑戰成功，甚至應付國際的多益 TOEIC 測驗更是遊刃有餘。

很開心看到 Jerry 老師把他的寶貴經驗集結，寫成這本結合英語學習與親子教育的寶典。

想更了解 Jerry 老師的英語魔力？ 極力推薦一起來看。

《親子英文自學筆記大公開》

父母是孩子的第一個老師

英文繪本共讀網、書蟲悅讀書院創辦人
侯美吟

在推廣親子共讀的 20 個年頭裡，看到好多好多的媽媽親力親為在孩子很小的時候投入陪讀的行列，20 年裡，爸爸這個角色，參與陪讀的，真的很少見。很高興看到懷特先生以爸爸的角色，一路帶著孩子在孩子的學習歷程裡，從零到今天，孩子優異的表現，大家有目共睹。懷特先生有很多理念跟我一致，特別是親子共讀以及實力與自學能力的養成，或許我們在執行面上會有些許不同，例如在入門階段書籍的使用部分，不過，在大方向上，我們是一致的。很高興懷特先生願意將這一路走來的經驗寫成文字分享給大家，我覺得這是家長們的福音。愛孩子的家長

很多，也知道陪讀很重要，但理想與實務間，總是少了一點什麼，而少的這一點，就是懷特先生一字一句要提供給大家，他一路走來的每個痕跡，書裡說到很多細節，都是非常可貴的部分，「跟著成功者的腳步前進，總是可以更省力更省時」。

　　這裡我要跟大家推薦這本書，他提供給你孩子學習上從入門到證照的考取，非常多的訊息，滿足不同階段不同孩子的學習需求，值得大家細細品嘗，從中吸取適合自己孩子的學習參考。

斜槓數學 Teacher White，興趣自學成英師！

桃園市經國國中校長
陳新文

　　當收到寫推薦文的邀請時，內心無比激動，大聲對您說：You've really done it. 您真是一個腳踏實地在英語田地中勤懇耕耘的 Uncle White（現年已過五十的白頭翁）。猶記得當年一起因興趣而報名參加中原大學的英語正音班，全班只有我們兩個是數學老師！為了將台灣腔調的口音，能稍微學得像英語口說般的「順耳」，那年暑假我倆勤學習，不為證書只為證明「I can do It.」而如今，You Make it ！不僅如此，更下苦功自我進修，平日勤聽 Podcast、YouTube、訂購線上學習課程、購買英語教材，甚至親身參加檢定考試，這些都是令人敬佩的決心與毅力！

　　而如今您將自身所學經驗，一步一腳印孜孜矻矻地實踐在自己的後

代，Danny 與 Johnny 兄弟二人在英文領域傑出的表現令人驚艷，不論是學習抑或是升學考試，展現出游刃有餘優遊於其中的實力！當大家還在熱衷於觀看《哈利波特》、《納尼亞傳奇》、《飢餓遊戲》……等電影時，兩兄弟已在您親自從海外訂購的原文書陪伴中，循序漸進地徜徉在故事情節裡了！除了閱讀，生活中的對話練習亦是透過出國旅遊、結交異國網友，甚而邀請外國友人至家中做客，侃侃而談不怯於表達，讓人刮目相看。

《親子英文自學筆記大公開》的出版真是令人期待，書中實證經驗與學習策略運用，不僅能讓所有家長瞭解，英文實力的養成，非攸關自身英語程度，而在於善用學習工具加上勤能補拙的陪伴，親子間學習的進步是甜蜜的，而孩子的成長有目共睹，他的自信會日漸茁壯終有一日發光發熱！更遑論 2030 國家雙語政策實施，身為孩子的家長——您早已做好準備「昂首闊步」邁向國際，成為地球村的公民了！

一本與眾不同可以用十幾年的高 CP 值英語寶典！

桃園市內壢國中英語資優班教師
湯伊如

從事英文教育十多年，看過許多和英文教育相關的書籍，因為自己喜歡學習不同的英文力養成方式。而懷特爸的這本書最讓我驚豔的部分是，突破許多大部分人對於培養孩子英語教育的迷思，太早學會影響中

文發展？學語言一定要有環境？父母英文不佳只能將小孩送到補習班？讀完這本書絕對能突破以上這些盲點！其實用對方法、選對教材、觀念正確，再來是願意投入時間，才是真的英語能力致勝的關鍵，認識懷特家的這幾年，總是不停地讚嘆：「這真的太神奇了！」從沒踏入補習班的兩個兄弟，英文能力真的超人！身為英文老師的我，也常常向懷特爸請教。本書和其他幼兒英文教育叢書最大不同之處，是所有的方法與步驟都非常具體，且有系統規劃，從啟蒙開始一路無縫接軌到青少年時期，一本書可以用十幾年，CP 值真高！

父母是孩子學習成功的關鍵

英文教科書、學習叢書作者
黃百隆

「小六多益 980 分、國三 965 分」這是多麼了不起的成就！懷特爸爸在這本書中，鉅細靡遺地教導為人父母，如何從娘胎到幼稚園階段，乃至國小國中時期，培養小孩成為英文高手，書中也不藏私介紹了各個階段的讀本，也特別強調長期聲音輸入的重要性，更點出父母的陪伴學習是左右孩子能否成功的關鍵，令筆者有如醍醐灌頂一般，在此推薦給全國的爸爸媽媽！

江湖一點訣講破無價值，親子共學英語的成功關鍵

格林法則研究專家
《地表最強英文單字》、《我的第一本格林法則英文單字魔法書》、
《英語發音急診室》、《看懂英文華爾街日報超簡單》作者

楊智民

　　懷特（White）老師是我相當佩服的一位前輩，他是高職數學教科書的主編和數學參考書出版達人，著作等身，採用 White 老師著作的學校、補教業、師生，多到不可勝數，在數學出版界中舉足輕重，是一位重量級的作者。我和 White 老師初次見面，是 White 老師到我所任教的學校員林家商向數學老師們演講結束後一起聚餐認識的。當時，White 老師知道我是英文老師，因此和我談的議題都跟英語有關，跟我分享他怎麼教育在讀小學的孩子學英文，當時印象最深的是 White 老師的兩個孩子已經讀過無數的繪本、橋梁書、分級讀本，甚至是原汁原味的英美小說，White 老師甚至訓練正在就讀國小一年級的孩子做簡報，將所讀的故事報告給爸爸媽媽聽，當時，我雖然覺得不可思議，但想說搞不好小孩是在國外長大，或讀全美語的學校，經年累月浸潤在講英語的世界中，小孩的英語能力當然強啊！但事實卻不然！

　　White 老師小孩的英語幾乎都是他手把手教出來的。據我所知，White 老師並非專業的英文老師，英文也只是普通程度，和一般家長無異，但怎麼能教出多益考 980 分的孩子呢？而且孩子的口語能力非常流利，可以和老外打牌、玩遊戲，用道地英文聊天，我曾問 White 老師一個問題：「請老外到家裡是為了訓練孩子的口說嗎？」他說不是，他請

外師來是為了印證他的訓練結果是否能在真實生活中和母語人士溝通，最後結果揭曉，不出國、不讀全美語學校、不找老外練口說，單憑家長的訓練和學校教育，也可培訓出英語能力優異的孩子。和 White 老師認識的這幾年，他常分享孩子學習英語的紀錄影片，看了之後，連我這個英文老師也自嘆弗如，我不禁想問他這套完整的培訓程序是什麼。

White 老師非常熱心，知無不言，言無不盡，一股腦兒地把所知分享出來，但透過通訊軟體 LINE 往返訊息，所得知的資訊總是較為零碎，見木不見林。因此，我靈光一閃，興起請 White 老師寫書的念頭，這樣我就可以知道訓練過程的全貌了。沒想到 White 老師也有這樣的想法，因此一拍即合，White 老師旋即動筆寫作本書。長久以來，我想知道每天唸床邊故事給小孩聽是否有效。看完了 White 老師的書後發現我的操作環節還是缺乏道地母語人士聲音的輸入，因此加入播 mp3 音檔這個步驟，最後實驗結果印證 White 老師說的「大量的聲音輸入，學語言一定要靠聲音」這一個觀點是不變真理。

這本書最大的特色是，書中所有的方法都是 White 老師親自實驗過的，而不是紙上談兵。這本書給家長一個啟示，也給家長打了一劑強心針，那就是英文普普或者不好的家長一樣可以培養出英文口語流利的孩子，只要按部就班，根據 White 老師的建議，並和孩子養成共讀習慣，經年累月的累積，小孩的實力決不會輸給出國讀書的小孩。無獨有偶，去年報載一位在雲林賣碗粿的父親發明一套無痛美語教學法，教出講一

口講流利英語的女兒。據林父自己所說，他的英語很破，但他認為何不透過影集請 Tom Cruise、Will Smith 等人來教孩子英文呢？事實上，White 老師也曾跟我提到他出身雲林農家，講英語是帶有台灣口音的，但他培養出來的孩子的口音卻接近英美母語人士，可見父母的英語程度並不和孩子成絕對正比。事實上，只要掌握方法，就可以培養出優秀孩子。

其實，本書除了收錄孩子各個階段教材挑選建議，White 老師還記錄孩子成長過程中練習英語的珍貴影片，家長只要按照 White 老師建議，有耐心陪伴孩子學習，不僅可以提升孩子的英語能力，還可以培養親密的親子關係，一舉多得。現在每天睡前我都會陪小孩讀繪本，只要一天沒讀，女兒就會黏在身旁，主動找一本書要我唸給她聽，她對書裡的圖片常感到好奇，會問東問西，一遇到我不懂的，我馬上查詢 YouTube，再解釋給她聽，與其說是我在教育孩子，不如說是我們一起成長，共同留下寶貴的成長回憶。因此，如果您是家長，不管再忙碌，都要撥出時間來和小孩學英語，這樣的學習，是充滿樂趣的，而不是痛苦的填鴨教育，與其投入大把金錢請人教小孩英語，不如從自己做起。如果您還像無頭蒼蠅，不知如何開始，看 White 老師這本書就可以找到行動的動力和方法了！連身為英語老師的我都在看 White 老師的書來教育我的孩子，您還不實際行動，到書店買本書來看看嗎？

共學路上，為家長充飽電

三個小孩的母親、高固廉聯合診所主治醫師、台大兒童醫院兼任主治醫師

賴貞吟

到現在我都還記得跟懷特老師一家的第一次碰面，五年前繪本共讀網的侯老師邀請懷特老師辦分享會，我提早到了，在推門進入會場之前，就聽到兩個小朋友用道地英國腔聊天的聲音，一推開門看到懷特老師的兩位公子（當時好像一個小五一個小三）讓我嚇了一跳，聽完懷特老師的分享，我更吃驚，兩位公子的流利英文完全是懷特老師跟師母帶領自學跟閱讀的成果！然後，懷特老師分享的時候我發現，老師雖然沒有台灣國語，但英文跟我一樣有台灣腔。哈哈！

分享會後有幸跟懷特老師聯絡上，每當教養陪伴三個孩子有困難的時候，懷特老師總是無私地跟我分享，在我喪志的時候鼓勵我堅持不懈。每次跟懷特老師請益完都有充飽電可以繼續向前的感覺。這本書裡的很多重點老師都提醒過我，老師明確的步驟說明讓我容易操作。雖然我沒有老師那樣的執行力，但跟老師學來的一招半式也讓三個孩子的英文有不少的成長。昨晚我們全家才一起看英文字幕的電影呢！我在閱讀書稿的時候，發現讀這本書就像跟老師聊天一樣，收穫滿滿，還可以隨時翻查不怕忘記。這本書不只分享如何陪伴孩子學習，其中帶領孩子的心法更是為人父母必知。這些年來，每次孩子學習卡關的時候，我就會找懷特老師聊聊充電。待這本書出版後，我就可以少煩老師一些，看書就好！

CHAPTER

1

為學習充飽電

早早起步慢慢來

　　大部分的父母都有為英語所苦的經驗，不想讓孩子英語輸在起跑點，卻苦於本身的英語程度。因為大部分的家長並非英語專業背景，所以只能早早選擇美語幼稚園，讓子女提早浸潤在英語環境。懷特自己當然也是非英文專業相關人士，亦曾深受英文所苦，猶記得初為人父時，心中即暗自決定要送給孩子這輩子最珍貴的生日禮物，就是陪伴他們閱讀，養成閱讀的習慣，讓他們「愛上英文閱讀」。期許在未來人生旅途中，孩子能感受到父母永遠是他們最好的老師、最好的夥伴，而「書」將是他們最好的朋友、最大的資產，而「英文」將是他們與世界接軌的最佳利器。

　　盲目前進是無法成功的，我認為英文不好是因為輸在「不知如何開始的起跑點」！各位家長請您注意，我要說的是「如何開始」。

　　「如何開始」學英文遠比「何時開始」更重要！

　　俗話說得好，自己的孩子自己教，只有自己最懂得自己孩子的需求和問題，所以從孩子出生後，我就選擇靠自己學習英文、找教材、找方法來協助孩子一起學習英文，我知道跟著孩子一起學習，我自己也會跟著成長，順便擺脫當英文魯蛇，一舉數得，何不給自己一次機會呢？這

些因素就是激勵我開始的原始動力。

　　身為英文魯蛇的我，為什麼一開始會有那麼大的勇氣呢？因為隨著時代的進步，學習的環境不同了，學習英文的資源也越來越多、越來越方便，「工欲善其事必先利其器」，所以我相信找出適合的資源和方法，讓自學英文事半功倍。在陪伴孩子讀英文的過程，這個想法也得到了印證。誇張一點的說：只要找對資源用對方法，一支手機或平板，再加上一本書，學習英文輕鬆搞定。

　　在懷特開始學英文的年代，電腦、網路、手機並不發達，資源很少又不方便，並不是能夠隨時聽到英文或是聽到外國人的聲音，我記得唯一能聽到的英文聲音，就是課堂上老師播放的英文課文卡帶，光是那台卡帶播放機都比現在的烤麵包機還大很多，哪裡有現在這麼方便？以前用卡帶播放時還要倒轉，也不一定可以準確播放到想聽的位置，現在只要用手機滑一下，馬上跳到你想要聽的地方。可以想像當年學英文有多麼不方便，但現在學英文，無論資訊、工具、教材隨手可得，所以當時我就想陪伴孩子一起學習，應該還有機會在這個時代重新把英文給學好。

▌「在家學出英語力」是最經濟實惠、最實用的方法

　　這樣一路 10 幾年下來，陪著孩子自學英文的經驗告訴我，「陪伴」孩子一起學習，才能真正幫助孩子提升學習英文的「動機」，起跑時間點固然重要但不是絕對的關鍵，只要孩子願意學習，何時開始都不嫌晚。

在學習過程中的習慣或方式因人而異，速度、步調、教材都不一樣，因此我認為孩子在語言學習初期，並不是著重在多早起跑的差距，而是著重在你開始起跑了沒，你有一個好的開始嗎？你對如何開始有概念嗎？包含家長投入的時間與心力、教材的選取，執行的方式……等，是不是適合您家的孩子都是您必須先瞭解的事項。古語云：「千里之行始於足下」，所以願意開始動手去做才是最重要的。

學習英文是否能成功，家長是最重要的關鍵。父母是最好的老師。在孩子什麼都懵懂無知的年紀，只有家長願意開始陪伴，才有機會啓動閱讀習慣；在孩子不想學習或學習遇到困難、挫折時，家長能給予孩子最大的支持和鼓勵，陪伴孩子一起去尋找克服困難的方法。每個孩子的學習狀況不盡相同，真正了解自己孩子的父母才能為自己的孩子量身訂作出最適合的學習環境，為孩子打下良好的基石，成為引導孩子日後學習的重要關鍵。

我分享我的經驗，提供給家長參考，但也不是一個方法從頭用到尾，而是需隨時配合孩子狀況作調整，套一句疫情時期長官們最常用的一句話「滾動式修正」，慢慢跟孩子磨合。當然我要再次強調，一開始就陪伴，學習效果是最好的！陪著孩子一起學習一起成長是很有「溫度」的學習的，是無人可以取代的。

有溫度的學習是用「同理心」親身陪伴孩子，建議至少陪伴 3 ～ 5 年。孩子學什麼，你就學什麼。你跟孩子一樣從頭學習，才能徹底瞭解你的孩子學習的偏好，遇到怎樣的困境，立即幫助孩子突破困境，順便

發掘孩子們的潛力。訓練培養的過程中拋開挫折、不斷鼓勵，保有「每天規律且持續的學習」，進而成為一個對學習有感的孩子！被陪伴的孩子，在無形中感受父母帶給他的溫暖，長大成人後一定也是一個溫暖的人，而溫暖正是成為未來領袖的條件之一，可見「陪伴閱讀英文」真的是一舉數得啊！

懷特小語

All you can do is try to do your best. Even just a little step forward every day, you're also getting closer to your goal than you were yesterday.
你所能做的就是盡力做到最好。即使每天向前邁出一小步，你也比昨天更接近你的目標。

大師鼓勵語錄

美國藝術家 Andy Warhol：
It does not matter how slowly you go so long as you do not stop.
你走的多慢都無所謂，只要你不停下腳步就好。

相信自己做得到

　　筆者已經超過 50 歲了，曾經我也是一位英文的魯蛇（loser），小學成績普通，國中運氣不錯進入了一所不錯的私立中學就讀，但在上英語課的時候我真的很痛苦，我都跟不上同學，英文老師第一節課就直接唸課文：印象中可能是「Good morning!...This is a table...」，Please repeat after me... 蝦咪挖歌阿！那時候我什麼都聽不懂，因為家裡務農住比較鄉下，父母也無從協助，同班同學在進入英語課之前的暑假，他們都已經學會了 26 個字母，還背了一些基礎單字，可是我剛開始進入國中上英文課的時候，連 26 個字母都不懂，國中英文成績平均大約 20 ～ 30 分，所以從國中那個階段開始，英文這個科目就讓我很痛苦，甚至害怕上英文課，面對英文有說不出口的壓力，真的是一個很不好的開始。

　　然而從孩子出生陪伴自學英文至今孩子小六，我和孩子的英文都有顯著的進步。我已不再是當年「從 0」開始的英文魯蛇了，平常我和二個孩子會一起看書、看 YouTube 影片學習，討論簡單的文法、用學到的簡單句子一起瞎掰

ABC（用英文隨便哈啦），一起聽故事。我自己也嘗試著帶孩子出國自助旅行，真正的開口說英文，一路上點餐、問路、買票、與外國人交談、交朋友..，確實讓孩子們打開世界觀的眼界感受學習英文的實用性與重要性。我的兩個孩子，哥哥 Danny（內壢國中國三英資加數資班），弟弟 Johnny（內壢元生國小小六），弟弟多益成績為 980 分的金色證書，走筆至此哥哥多益成績正好公布為 965 分的金色證書（國三會考結束兩週後立即參加多益考試，再隔兩週公布成績）。

懷特深知，學習英文不但可以發展孩子的多元觀點、拓展世界觀更能提供孩子更多發展的機會。

English learning can develop children's multiple perspectives, broaden their concept of the world, and provide them with opportunities to advance.

懷特小語

改變是邁向成功的第一步，其實你可以跟著懷特的腳步開始！
我做得到我更相信你也做得到。「沒有慧根，也要會跟！」

大師鼓勵語錄

ICICI 執行長 Chanda Kochhar：
Don't give up on something just because you think you can't do it.
不要僅因為你認為自己做不到，就放棄某件事。

選對方法，馬上行動！

　　我們最常聽到話就是：「我沒時間」陪伴孩子學習！或是：我的「英文不好」怎麼教孩子？看完我國中學習英語的慘狀，再看看我的孩子。我們應該更有信心，因為您的英語不好，不代表您的孩子英文一定不好！俗話說萬事起頭難，但是只要開始做了，目標就離你更近了。

　　其實，在台灣不管男女老少，到處不乏想學好英文的人，但大都只是停留在「想」而已，往往沒有勇敢的踏出第一步，所以到最後還是原地踏步。不要拿時間點替自己找藉口逃避，其實想要學英文，任何時間點都是對的，只要提起勇氣試著踏出第一步，成功就離你不遠了，而且你會發現原來自己比想像中還要勇敢。

　　想學會一門語言是不可能不花時間和精神就能學會的，如果你想學好英文，或是陪伴孩子學習英文，在忙碌的一天之後，「善用零星時間學習」是相當重要的課題之一。學語言也無法一蹴可幾，需要時間和累積才能看出效果，因此如果您使用的方法、教材，不能夠讓您的孩子英文進步，且願意持續學習，那麼您就需要調整教材與學習方式。

如果你曾經跟我有一樣的困擾或者是經歷，或者你家孩子正要開始學英文，那更好！請你試試我分享的方法，後續在懷特家的學習歷程中，還會分享不同階段的學習方式與教材給您參考，其中哪些對您的孩子有用，只有您跟孩子親自操作之後才知道。

　　用對方法，配合孩子的興趣挑選出正確的主題教材，學習才有可能持續，才能看到成效。懷特身邊的朋友，複製懷特家的學習模式，成功讓孩子在小學一年級即可閱讀哈利波特原文書，並通過美國原文書出版社「Scholastic Learning Zone 線上英語能力閱讀檢測系統」的網站認證，顯示不凡的英語自學程度！懷特以哈利波特套書為例，是因為這套書風靡全球且引人入勝，許多英文讀者會把它當成閱讀的里程碑，是懷特兩個孩子閱讀過程中最喜愛的一個中繼站，也是點燃持續閱讀原文書的火苗。孩子的閱讀興趣培養不易，一旦養成習慣變成嗜好就是個無價之寶，無論是誰也奪不走孩子豐富的內心世界。

　　您心動了嗎？心動不如馬上行動。Just Do It! Never Be Late.

當時以小六的年紀考多益

當時以小四的年紀考多益

2018 / 07 / 05
成功！成功！耶耶耶！值得紀錄一下
謝謝傑瑞懷特叔叔不藏私步步引導、鼓勵
謝謝謙、誠兩個哥哥在前面引導
讓崇拜哥哥的弟弟妹妹有了衝刺的力量和目標

今天是 2018 / 07 / 05
新寶小二升小三暑假
恩恩大班升小一暑假
會不會有一天，媽媽和阿姨也可以看得懂呢？

2019 / 07 / 28
又可以記錄一下了～～
哈利波特第四集
Harry Potter and the Goblet of Fire ——734 頁
傑瑞懷特叔叔說很厚的一本一定要貼臉書……顯示更多

另外，Danny and Johnny 協助懷特好友的孩子，複製部分懷特家的學習模式，進入閱讀的世界。這兩位孩子陸續也都參加多益的檢定，也都獲取不錯的成績。

當時以國三的年紀考多益　　　　　　　　當時以高一的年紀考多益

懷特小語

有發現上面的幾張照片的背後秘密嗎？一對姊弟相差 2 歲、一對兄弟相差 2 歲，而懷特家的兄弟差 3 歲，年齡差距較小讓他們能同時閱讀同一套書籍，懷特的經驗發現只要是兄弟姊妹一起學習，都會是彼此最好的學習夥伴！不用擔心年紀較小的孩子，他們的英語能力表現甚至勝過年紀大的孩子。懷特認為：「學習的路一起走，才走得遠；一起學，才會輕鬆。」請家長也善用這一點，一路作伴一起學習，事半功倍。學習是孩子一生重要的課題，試著改變方式，陪著孩子一起嘗試以前不敢做的事吧！

大師鼓勵語錄

拉爾夫·愛默生（Ralph Emerson）美國文學家：Unless you try to do something beyond what you have already mastered, you will never grow. 除非你嘗試做一些你不精通不熟悉的事，否則你永遠不會成長。

QUESTION

01 為什麼要學英語？

　　護國神山台積電創辦人張忠謀先生強調，英文是未來五十年最重要的語言，他提醒學子要放眼於世界，不要侷限於台灣，而在此之前應具備一定的英文能力，較能減少國際化學習遇見的困難。

　　英語是目前全球最廣泛使用的國際交流語言和書面語言之一，學習英語對於社交和娛樂以及工作都很重要！。放眼未來，好處多多：

The MORE that READ.
The more THINGS you will KNOW.
The MORE you LEARN.
The more PLACES you'll GO!
～ Dr. Seuss

第一個好處：更多娛樂和更多上網機會

懷特的孩子已經嘗到學英文的甜頭，可以盡情瀏覽網路上的電影、電視節目、文章和音樂，不受限於語言，更顯得自由自在。影音媒體的發達勢不可擋，孩子必定會接觸這些媒體，當擁有較佳的英文能力，將不再需要依賴翻譯或是字幕，間接不斷提升他們的英語聽力和閱讀技能。

第二個好處：輕鬆地在世界任何地方旅行

英語在全球 53 個國家（地區）當作第一語言，在 118 個國家（地區）被當作第二語言，幾乎全世界各地的人都說英語。懷特與孩子去過的十幾個國家，即便某些國家母語不是英語，也能用英語溝通，自助旅行能增廣見聞更能省下不少旅費，具備流利的英語能更了解旅行的細節，讓旅行更加輕鬆。

第三個好處：更多的工作機會

全球化的世界，世界各地的大公司都要求他們的員工會說英語，因為英文是跨文化交流的基礎技能。這些大公司網羅來自世界各地的菁英，而英語是來自不同國家和文化的員工彼此交流的共通語言。

懷特家的 Danny 國一上時參加國際交流活動，到美國參觀 Google 公司，更印證英語對一個文化大融合的跨國企業是多麼的重要。

第四個好處：有機會接受更好的教育更具競爭力

根據研究顯示，學習一門外語可以提高你的認知和分析能力，所以學英文不僅可以提升你的腦力，也可以增加自己的信心。網路上較具知識性的文章都是用英文撰寫，擁有英語能力便能多方蒐集想要了解的各類資訊，此外，日後若想到國外進修，第一個門檻便是考驗英語能力，如準備雅思、托福等測驗。

CHAPTER

2

怎麼學？讀什麼？

第一階段：建立啟蒙基礎

家長若有關注網路上討論度非常高的幼兒英文啓蒙學習相關書籍，應對於以大量的英語繪本啓蒙幼兒英文的理念不陌生。這些英語繪本內容多元、主題活潑，能幫助孩童提早接觸外國文化，也是國內許多專家學者大力推廣的主因。

眾多的坊間資訊，讓家長暈頭轉向不知從何處著手？家長的英語程度不佳，該怎麼協助孩子學習？建議可以經由閱讀拓展孩子視野，或利用出國旅行或留學的機會，對跨國文化有更深的認識。此外，專家各自發表很多學習的書單，皆有詳細介紹學習順序跟時間，可以按圖索驥。

如果你真的毫無頭緒不知如何下手，就直接跟著懷特的方法做做看，先邁出第一步，自然會逐步找到屬於您孩子的學習方法和節奏。

關於啓蒙繪本，懷特推薦廖彩杏的《用有聲書輕鬆聽出英語力：一年 52 週 100 本英文繪本閱讀計畫》，懷特家兩個孩子親自實作後，對於幼童階段的英文啓蒙的確是有顯著效果。

懷特家在大兒子上幼稚園前，堅信創造能大量輸入英語的幼兒環境是不二法門，花很多時間一直摸索，嘗試挑選適合孩子的教材，但買了很多專家名人的推薦書單，經過實作發現專家們都有專業背景或是具備

英語環境，對於無法隨時以英語開口跟孩子對話的一般家庭來說這些書單操作起來難度太高。

　　直到遇見《用有聲書輕鬆聽出英語力》這本書，作者廖彩杏在書中詳細介紹 52 週的書單，特色是清楚指出每一本書聽完之後，孩子「將會習得」那些東西。尋覓已久，適合孩子的英語啟蒙書終於出現了！當下真是激動到差點落淚。很多網路書單很多未必都會適合自己的孩子，因為每個人的背景不一樣，但廖彩杏老師的書單，我家的孩子接受度很高。不過不管是哪一種書單，你只要沒有執行力，沒有帶著孩子動起來，就是沒有成功的那一天，即使天降神單也是沒用的。

▎啓蒙階段一：新生兒至 1.5 歲 ───────────

● **年齡**：新生嬰兒時期～ 1.5 歲。

　　孩子只能躺著或是抱著，所以懷特的操作方式，就是整天播放童謠或故事書的 mp3 音檔，讓孩子整天浸潤在英文的環境中，是無痛學習且浸潤式的學習。

● **使用教材**：廖彩杏 52 週 100 本書單裡的 mp3 音檔。

● **操作方式**：從媽媽懷孕後期、出生、一直到孩子可以坐起來翻書之前，主要以播放《鵝媽媽經典童謠》這套書籍。

　　此階段聽英語音檔，重點在「有聽到就好，不需要聽懂」（此時當然也聽不懂），強調聲音有韻律的輸入，是以聲音打底的概念。當孩子大部分都是處於睡眠或是躺在床上時，懷特以播放《鵝媽媽經典童謠》爲主，其他「100 本書單」爲輔，當作孩子活動時間的背景音樂。

　　爲什麼會選擇《鵝媽媽經典童謠》這套書呢？我簡單說明一下。

　　《鵝媽媽經典童謠》起源於英國的童謠，歷史相當悠久，和我們小時聽過的童謠「蝴蝶～蝴蝶～生得眞美麗～」、「兩隻老虎，兩隻老虎，跑得快～跑得快」有異曲同工之妙，它是陪伴英美小朋友快樂長大的童謠！這些童謠的聲韻相當自由且生動活潑，內容豐富很有趣味性，歷經百年的考驗依然是英美系國家家長的最愛，家長把它們拿來當作孩子上學讀書識字前的啓蒙教材，而且英美國家的孩子在學會閱讀或寫字之前，對《鵝媽媽經典童謠》的兒歌均已能琅琅上口，是一套被公認的權威教材。

《My Very First Mother Goose》（鵝媽媽經典童謠）

作者：Iona Opie
出版社：上誼文化實業股份有限公司

有興趣的讀者可以掃描 QR Code 或輸入短網址至敦煌網
路書局查看完整書籍簡介。

https://is.gd/79TVqW

可掃描 QR Code 試聽一下：
《鵝媽媽經典童謠》 Down at the station, early in the morning- YouTube

https://is.gd/ysVT0E

　　這本《鵝媽媽經典童謠》陪伴我跟我兩位孩子度過快樂的幼兒時光，當孩子漸漸長大，書中的韻文及旋律很快就能讓兩位孩子琅琅上口，即便有些韻文的含意較深，但這個階段的重點應放在聲音的感受。

　　最初挑選這本書為起點，主要是想透過生動活潑的韻文，啟發孩子的口語能力，因為這些活潑可愛的兒歌，總是能讓孩子百聽不厭。小小孩就像一張未受汙染白紙，未來潛能是無限的，這些兒歌或者韻文童謠，將會是為他的學習注入活水，是未來開口說英文的重要的養分之一。

　　現在回想起來，和孩子一起在牙牙學語階段快樂的唱著歌，確實是成長過程中的一段美妙時光！懷特認為此書絕對值得您收錄進書單中，這會是一本讓孩子欣賞英語聲韻之美的入門首選！

懷特小語

操作必備工具有：智慧型手機、藍芽喇叭、Google 雲端硬碟等；將所有讀本 mp3 上傳雲端，方便隨時隨地操作。

▌ 啓蒙階段二：1.5 歲～ 3.5 歲 ─────────

● **年齡**：1.5 歲～ 3.5 歲左右。

　　除了持續階段一的 mp3 浸潤式學習外，可以開始讓孩子動手翻書了！繪本搭配的音檔是用來培養孩子對英文的語感，千萬不要認爲孩子還聽不懂英文就不重視，因爲學語言就是要靠聲音才能學得好的，「大量聆聽」是極重要且容易忽略的一環！

● **使用教材**：廖彩杏的 52 週 100 本書單

● **操作方式**：

　　核心讀本：每天必讀，必翻閱、需仔細聆聽 mp3 的讀本。

　　衛星讀本：每天隨意翻閱，有印象即可，無意識的聆聽 mp3 的讀本。

　　首次閱讀時先選定好 2-4 本核心讀本與 1-3 本衛星讀本，孩子每天的閱讀與聽讀內容，需含「核心讀本」與「衛星讀本」兩部分，每週或每十天汰換 1-2 本最熟悉（可唸出 70 ～ 80%）的核心讀本，然後自衛星讀本選出 1-2 本，成爲新的核心讀本。

　　每天規律地陪孩子執行核心讀本，衛星讀本可以讓孩子自行翻閱或在玩耍時無意識聆聽。

這個階段孩子正好差不多可以坐起來也可以開口說話，也是小手可以翻書的時期。懷特家弟弟會坐起來時就開始跟著「廖彩杏的 52 週書單」跟讀與翻書，但此時哥哥正好上幼稚園了，因為哥哥是第一個孩子，在這之前還在摸索階段（當然也有聽其他的英文 mp3），所以哥哥接觸繪本的時間較晚一些。

此階段家長在與孩子共讀英文繪本或是頁數很少的讀本時，操作方式除了「善用零星時間」播放 mp3 或是唸給孩子聽之外，也要開始帶著孩子跟著書本的音檔一起翻閱讀本，並重複以「核心讀本」與「衛星讀本」的方式，實施「聽＋讀」的過程，同一本讀本，持續一段時間之後，若聽到孩子嘴巴可以主動跟著讀本音檔發出喃喃的聲音，這表示孩子已經熟悉（可唸出 70 ～ 80%）這本繪本了。多聽幾次後可以試著帶這孩子一起開始同步朗讀繪本，朗讀時慢慢地指著文字，可以提升孩子的認字能力。另外繪本有大量的圖片輔助文字內容，請勿擔心孩子對於內容的理解喔！

當你感受到孩子對讀本很熟悉了，可以來個角色扮演，媽媽唸一句、孩子唸一句；再更熟悉之後，就可以開始請孩子，試著自己朗讀或是講述書中的內容，不限使用中文或英文來表達，不論用單字或句子都好。

以上方式若發現孩子不願意配合，那就立即停止。真的、真的、真的請再耐心等待下個階段的發芽，千萬不要揠苗助長，壞了孩子英文的胃口。

一天數次，想到就和孩子來共讀一小本繪本，或者每晚的睡前時光，都是很棒的共讀機會。另外，有押韻的繪本或是童謠裏頭的押韻文字結構，在經由大量的聽力輸入之後，將來孩子是會把聆聽得到的能力轉成認字的能力，也會把聽的能力轉成口說的能力，因此每個階段都需要實施大量的聆聽 mp3 來幫助學習！再強調一次，因為很重要，「大量的聲音輸入，學語言一定要靠聲音」。

懷特家的啓蒙繪本書單是使用廖彩杏老師的 52 週 100 本書單，徹底執行完畢之後，懷特就開始自己的挑書模式了！但是除了前面幾週繪本有照廖彩杏書上的順序之外，後面的讀本我跟孩子並沒有完全按照書單週數順序學習，讀本就擺在客廳隨手可拿的桌上，讓孩子自己挑選「核心讀本」，喜歡的繪本優先翻閱，優先閱讀、朗讀，並找出零星時間隨時隨地大量的重複聆聽 mp3。最後懷特溫馨提醒，要孩子朗讀除了會認字還要發出聲音是眞的需要重複多次練習跟耐心的而且或許有些孩子是需要更多時間的。

Be patient!

懷特家的客廳桌上一定有放書
給孩子閱讀。另外，提供家長一
個小技巧，若您是要跟著書單的
週次循序漸進的方式，可以在書
本左上角，貼上週次小標籤方便
辨識。

懷特小語

1. 除了翻閱豐富視覺的繪本書籍之外，再加上用聽的來洗腦，效果加
   倍。記得先多聽幾次 mp3 熟悉音韻後再去翻閱書籍！懷特在這個
   階段發現孩子的潛力，像海綿一樣，餵甚麼內容就吸收甚麼，聽故
   書長大的孩子個性很溫暖！培養孩子的英文耳朵要趁早。
2. 以上兩個啟蒙階段只是個學習過程，年紀大小可能會因接觸英文時
   間早晚有所不同，懷特是以家裡兩個小孩來說明。

大家
都想問的
Q & A

QUESTION

02 我英文不好，怎麼陪孩子學英文？

　　我們最常聽到的就是很多父母最擔心自己英語不夠好，在陪孩子學習或閱讀時，無法教自己的小孩子。我的朋友也常問：「我自己英語都不好了，要怎麼教我的孩子啊？」我也曾經看過很多文章，寫到「您的孩子英文好不好，跟你的英文不好，沒有直接的關係」，我也是很認同這句話的，因為我自己就是過來人，我認為其實陪伴孩子閱讀英文的真正目的，並不是要你自己「教」孩子學英語，如果有能力教孩子當然是一項加分的項目，但若是沒能力教孩子，孩子的學習效果就會打折扣嗎？未必如此，請將重點放在培養讓孩子知道「閱讀的重要」，閱讀能力的養成是會影響孩子未來的發展性的。

　　倘若您真的是有英語恐懼症的家長，懷特建議您，先以「雙語繪本、讀本為出發點」來啟蒙孩子，同時也減輕自己對英文的壓力，慢慢前進，重點是在於能持續進行閱讀，親子共享閱讀樂趣才是長久之計。

大師鼓勵語錄

美國藝術家 Andy Warhol：
They always say time changes things, but you actually have to change them.
人們總是說時間會改變一切，但實際上是一切要由你去改變它們。

03 如何讓小孩愛上閱讀？

　　相信很多父母親一定想知道要怎麼讓小孩愛上閱讀，我認為關鍵因素是，孩子還小剛開始要學英語時，優先選擇圖畫整頁的英語繪本。

　　從短短的英文句子開始，利用精彩的繪本或短篇故事來吸引孩子，精彩的故事內容，再搭配附帶的 mp3 音樂背景一起共讀效果更好，因為朗讀故事時觸動人心或是詼諧逗趣的語調也是吸引孩子的重要因素。（懷特推薦廖彩杏 52 週 100 本閱讀清單）

　　底下以經典畫家，Eric Carle 的繪本為例說明，請掃描 QR Code 體驗，看看這些繪本如何以細膩筆觸、繽紛彩色來吸引孩子。

　　閱讀，當然剛開始是需要家長的愛心陪伴（即使父母每天加起來只有 10-15 分鐘，都是很棒的陪伴！），孩子的興趣是取決於家長有沒有培養、陪伴，有了培養、陪伴孩子才會愛上閱讀的。可以跟孩子一起討論故事簡單的內容，讓孩子持續受故事吸引，一本一本、一套一套的持續「看」下去，用心地「聽」下去，同時做到「閱讀」與「聽讀」、「朗讀」故事書，除了增進與孩子的親子關係互動，還培養孩子的閱讀習慣，不僅如此，在歡樂聽故事的同時也順道培養了孩子的英文耳朵，一舉多得，何樂而不為呢。

名詞解釋	閱讀：靜靜的翻書。
	聽讀：跟著 mp3 音檔翻書。
	朗讀：大聲朗誦書本內容。

《Brown Bear, Brown Bear, What Do You See?》

作者：Bill Martin Jr

出版社：HENRY HOLT AND COMPANY

https://is.gd/qaGkHY

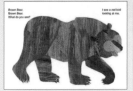 

請掃描體驗，《Brown Bear, Brown Bear, What Do You See?》這本書，用如此美妙的聲音及繪圖來吸引孩子，這本是懷特家第一本啓蒙書，也是孩子的最愛之一。

《The Very Hungry Caterpillar》（好餓的毛毛蟲）

作者：Eric Carle

出版社：Penguin Books Ltd

https://is.gd/zZMFIO

甚至有做成動畫，觀看次數高達 1.9 億次。

以上 3 張圖片取自誠品線上公開試閱，歡迎掃描 QR Code 或輸入短網址查看更多資訊。

推薦參考書籍

《用有聲書輕鬆聽出英語力》

作者：廖彩杏

出版社：親子天下

《餵故事書長大的孩子》

作者：汪培珽

出版社：時報出版

觀看爸爸與兩個兒子一起唸英文的影片，兩寶享受學習英文的時光。

《培養孩子的英文耳朵》

作者：汪培珽

出版社：時報出版

QUESTION
04 如何培養孩子的閱讀習慣？

　　常常有人問我，一本原文書那麼厚，你的孩子怎麼坐得住呢？

　　我一定回答：那得看你坐得住、坐不住。其實「只要父母願意花時間陪伴、引導，就有機會養成好習慣。」

　　首先我們要考慮到孩子的耐心程度，耐心與專注力會影響孩子對事

物的學習成效，隨著年齡的不同心智成熟度與專注力也會有所不同。若孩子缺乏耐心容易影響學習進度，導致學習成效不佳。

耐心不是與生俱來的，是需要培養的。擁有耐心的孩子，才能夠靜下心來持續閱讀或是比其他孩子更有續航力做重複的任務。

懷特常跟兩個孩子說：「靜」下來，才有能擁有「競」爭力，如果你靜不下心來，要如何學習呢？靜下來才能更沉穩，才能更專注，更好去達到目標。而要孩子有耐心，關鍵在於父母一定要比孩子更有耐心，才能培養出有耐心的孩子，閱讀能力是一種習慣，需經過長期培養和陪伴才有可能看見效果。

我個人認為，在幼兒閱讀習慣養成時期，除了挑選適當的書本之外，還有一個很重要的關鍵點，那就是父母扮演的角色。經驗告訴我，父母必須陪伴，一起共讀。剛開始孩子喜歡的是父母的陪伴，而書只是互動的媒介而已，一段時間過去之後，漸漸地在無形之中孩子會發現書本的魅力，日後即使少了父母陪伴，孩子也會主動拾起書本翻閱閱讀！許多讀物本身就很具吸引力，但加上父母的共讀與討論分享，即便是平凡的小書也能夠吸引孩子的注意。

當孩子越小時，父母越早啟動陪伴學習，更容易培養具有耐心的孩子！「耐心」對孩子來確實的是件難事，父母無法假手他人，只能靠自己陪孩子養成有「耐心」的能力。訓練孩子的耐心不只能培養孩子的 EQ，更可以提升孩子的學習能力，讓孩子在成長的路上更有續航力、競爭力，才不會導致學習過程中半途而廢！

> 簡單的事重覆做，
> 就是**專家**
> 重覆的事開心做，
> 就是**贏家**

大家最擔心的問題一定是發音問題，這大可放 100 個心，孩子英語發音是否夠標準是會受很多因素影響的，一般來說我們跟孩子講英文的時間長度，是幾乎無法影響孩子的發音問題的。懷特起初也是會擔心自己的發音，還去中原大學上過英文發音正音班。

為什麼你的發音不夠標準不會影響孩子呢？因為孩子聽書籍搭配的外國人士發音的 mp3 音檔的時間長度，或是平時接收到網路上、電視上的英文影像聲音的刺激，絕對是孩子聽你發音的時間長度的好幾萬倍以上，而且孩子的腦袋會有「自動校正系統」，若是以家長和孩子用英語互動的少數時間，與受到外界英語音檔刺激的比例相比，要足以影響孩子的發音，真的還有一大段的距離，所以這點家長真的可以不用擔心。

如果，家長只是因為擔心自己的英語發音不夠標準，而因此錯過陪伴孩子閱讀的好時機，那真的是非常可惜，錯失良機。以我為例子就好了，我的發音也沒多標準！但我的兩個孩子都曾經拿過學校（元生國小）的英語朗讀比賽第一名。而且當年哥哥還代表學校參加市賽，拿到獎狀。

哥哥小四那年，懷特與他一起在家練習的影片

懷特小語

1. 如何建立孩子的朗讀口說實力，自動校正發音，實際操作細節後面會有介紹。
2. 懷特分享自己上課學到的發音基本技巧，只要特別注意底下幾字的發音，時時提醒自己與孩子，發音立即升級，發 Th 音輕咬舌尖、發 L 音舌尖頂住上顎、發 R 音要卷舌、發 F 音輕咬嘴唇聲帶不震動、發 V 音輕咬嘴唇聲帶有震動、發 M 音記得閉嘴吧，發 N 音有鼻音，不閉嘴巴。（純屬個人心得喔！）

QUESTION

06 怎樣叫做「大量的聽」呢？

各位家長一定要注意學任何語言一定要靠聲音，而且不要忽視最簡單最基礎，應該說不要瞧不起，這些最簡單的基本練習，懷特發現身邊很多家長跟學生不願意重複做簡單的基本功，這是犯了大忌啊！懷特舉個例子，您知道光是一句簡單的 I am a student 背後有多大的真功夫在裏頭嗎？若有機會面對面懷特再跟大家分享。

首先，要請各位家長「量化你的學習時間」，不能說今天有聽了、有讀了、有看了，這樣靠印象是不行的，懷特分享一個方法，我們家任何一個重要科目都要事先做好量化表格，每個科目該達到什麼樣的目標先列出，每天確實做記錄，整個月下來再做增減調整的動作！因為懷特家哥哥實施效果不錯，所以弟弟就順理成章的繼續使用將學習量化的記錄方式。底下提供英文學習表格給大家參考，表格中的時間量是最基本要求，還不算大量喔，在國內並沒有充滿練習口說英文的環境，所以一

定要透過大量的聽來模仿才會進步，除了平日的學習時間之外，家長可以依據自家孩子狀況做調整，利用週末跟寒暑假加時進行大進補，有完成項目就打勾。

操作時注意事項，「一定要固定在每天的某個時段進行」制約您的孩子養成習慣，這個時間點就是閱讀時間。例如懷特家是選在每天晚上洗完澡後，坐上舒服的沙發，神清氣爽的時機。另外，睡覺前聽故事也是個好時機，假日外出車上就是最佳時機了。

科目	星期	一	二	三	四	五	六	日	一	二	三	四	五	六	日	一	二	三	四	五	六	日	一	二	三	四	五	六	日
英文	朗讀 10 min						早	早						早	早						早	早						早	早
英文	聽讀 20 min						晚	晚						晚	晚						晚	晚						晚	晚
英文	閱讀 30 min	當孩子的英文程度進入到初階讀本、章節小說，就可以在周末或寒暑假實施大量閱讀，30min 是最少的量，請依孩子的狀況增加調整。					早 午 晚	早 午 晚						早 午 晚	早 午 晚						早 午 晚	早 午 晚						早 午 晚	早 午 晚
備註	請利用各種零星時間，洗澡、上廁所、吃飯、玩耍、坐車……完成每天大量聽英文的功課，現在付出一點點，將來就能輕鬆面對英文。當你的同學上國中時快被英文考試給搞瘋了，但是你卻不會為英文所苦惱，還可以將時間分配給其他科目，何樂而不為呢？趁暑假、趁小學時間最多的時候，多聽一點、多讀一點，為自己的將來超前部署，「成功的人找方法，失敗的人找藉口」，「沒慧根，也要會跟」，時間是自己擠出來的！加油！加油！加油！																											

以上表格歡迎使用電腦輸入網址下載：
https://video.morningstar.com.tw/0170034/reading-record.doc

懷特小語

從寶寶出生到小學階段，盡可能大量地聽，「無極限」喔！

大師鼓勵語錄

美國成功哲學大師 Jim Rohn：

Success is nothing more than a few simple disciplines, practiced every day.

成功，就是每天有紀律不斷地練習基本動作！

QUESTION
07 資訊太多了，要從何開始？

　　當您執行完最先的啓蒙的繪本階段之後，接下來就是分級讀本了，若是不知道怎麼挑書，懷特推薦家長直接到敦煌網路書局或是誠品線上，都有很詳細的分級讀本推薦。

　　您可以跟孩子一起挑書，或是直接簡單輕鬆的繼續執行專家們推薦的清單，別忘了考量專家推薦僅供參考，需要滾動式修正才能符合孩子的多元性。

● 敦煌書局

- 英語教材
- 兒童外文書
- 英語原文書
- 英語自學
- 語言檢定考試
- 世界語言
- 教具文具
- 親子生活
- 讀本e樂園

書籍分齡
0-3 歲
4-6 歲
7-9 歲
10 歲以上

https://reurl.cc/GeEjl3

● 誠品線上

兒童親子	
本月精選▶	+
中文0-5歲幼兒書	+
中文圖畫書/繪本	+
兒童文學	+
知識/語言學習	+
親子/育兒教養	+
外文精選▶	+
外文0-5歲幼兒書	+
外文圖畫書/繪本	+

中文0-5歲幼兒書 —
📌 閱讀起步走/Bo...
幼兒書/簡易故事
啟蒙認知
布書/磁貼/聲音書
翻拉遊戲書/立體書
迷宮/遊戲書

https://is.gd/peibaK

若是全英文的讀本實在無法執行的家長，懷特推薦家長不妨試試，先以中英文雙語對照的讀本先下手，可先看中文故事，再看英文故事，以一章一章為單位，中文讀一個章節，英文以聽讀方式再聽同一個章節，先這樣輔助交叉前進，重點是孩子是否接受，原則就是要想辦法連哄帶騙一直引導孩子前進就對了。尋找雙語繪本，只要在各大網路書首頁搜尋欄位輸入「雙語」或是「雙語繪本」即可挑選自己喜愛的繪本囉。

　　網路上有很多成功分享的案例，請跟著這些成功的學習歷程步驟操作方式與建議書單一步一步確實執行，……不然，就別再多想了！直接寫信給我 cliomilk2016@gmail.com，我們一起討論，讓我提供建議來協助你。

懷特小語

相信自己，給自己一次機會，也給孩子一個機會。
你若不想做，總會找到藉口；你若想做，總會找到方法。

第二階段：前進橋梁書

　　進入英文讀本是一個重大的里程碑，你會突然的發現，孩子不再只是讀幾個字，不再只是看圖片了，進入初級讀本，句子開始加長了，您會突然的發現孩子好像真的會一點點英文了喔！

　　一直陪讀繪本，也會有點小無聊，爸媽的陪讀，在這個時候也會開始再度注入新的能量。接下來我們就要開始邁向橋梁書的準備囉，懷特為了讓爸媽更能理解，下面將分成書籍介紹和操作方式兩部份來說明。先知道有哪些書籍後，再參考懷特的方法，滾動式調整出適合孩子的方法！

▌讀本認知說明

　　懷特的操作方式是在進入橋梁書之前要閱讀「繪本」、「自然發音」跟「分級讀本」。書本的分類和分級，見仁見智，懷特自己針對使用過的各類書做底下的分類和認知上的說明：

1. 啓蒙繪本（圖畫書，不分級別，沒有目錄）

　　繪本的目的就是要啓蒙孩子的閱讀，讓孩子享受閱讀的樂趣。因此啓蒙繪本都是由著名的畫家依據孩子的年齡程度畫出來的作品，繪本比較注重的都是繪畫的呈現效果，文字的部分較少，書本是以精美的畫面和豐富的色彩來吸引孩子爲主。另外，繪本搭配有押韻琅琅上口的音檔是用來培養孩子對英文的語感，千萬不要認爲孩子還聽不懂英文就不重視，反而更要「不分級別」廣泛地大量聆聽才是。

《Panda Bear, Panda Bear, What Do You See?》

作者：Bill Martin Jr / Eric Carle
出版社：Puffin Books

https://is.gd/u6oB0n

圖片取自誠品線上公開試閱，歡迎掃描 QR Code 或輸入短網址查看更多資訊。

2. 分級讀本：初級—中級—高級（無目錄）

　　英文分級讀本能使孩子快速的找到和自己閱讀能力水平相當的書，這類讀本的編排由簡單到難度高的都有，分級循序漸進，是專爲初學者培養閱讀習慣的分級讀本，相當有利於提高閱讀能力。（書本沒有目錄）

《Farmyard Tales Stories》

出版社：Usborne Publishing

《Start Reading》

出版社：Hachette Book Group

《Usborne My First Reading Library》

出版社：Usborne Publishing

《Biff Chip and Kipper》

作者：Roderick Hunt

出版社：Oxford University Press

《Read it Yourself with Ladybird》

出版社：PAN MACMILLAN

以下提供懷特認知的初級讀本內頁，讓家長了解大致的圖文配置情形。因為版權的關係，圖片沒有辦法放得太大，有興趣的讀者請自行到網路書店查看詳細資料。

3. 橋梁書與章節書（有目錄）

橋梁書簡單來說就是介於繪本（圖畫書）和章節書（純文字）之間的過渡讀本，但橋梁書也是有分簡單跟難度高的。國內一般把較進階的橋梁書稱為「章節書」，章節書以黑白頁面為主，整本書把內容劃分成若干個章節，章節中再劃分為小節，化繁為簡，讓孩子逐章、逐節閱讀。有時章與章之間未必有連貫性，章節書也可再分初階、中階和高階。

《My Weird School》

作者：Dan Gutman
出版社：Harper Collins USA

初階

《Junie B. Jones book list》

作者：Barbara Park
出版社：Random House

中階

《Magic Tree House》

作者：Mary Pope Osborne
出版社：Random House

高階

《Keeper of the Lost Cities》

作者：Shannon Messenger
出版社：Aladdin

▍自然發音與初級讀本 ——————————

在階段一大量聽繪本或跟讀繪本時，孩子幾乎是靠記憶與聲音模仿來學習單字，此時的孩子在記憶單字時，是沒有「自然發音」的概念，更沒有用「音節輔助」的概念來學習。懷特意識到靠記憶來朗讀分享英文，絕不是學習英文的長久之計，一定會在未來的拼單字與閱讀發展性上造成很大的限制。

懷特一直堅信英文是一種語言，學英文最重要的是需要依賴大量聲音輸入，一定要做到能聽音辨字、拼字，這樣孩子的學習英文之路才會輕鬆。因為在我們要進入大量開始閱讀學習的時候，孩子們一定會遇陌生的單字，會遇到唸不出來的窘境，這些情況都可能會讓孩子對閱讀卻步，甚至卡關後倒了胃口，不想再閱讀。所以在這些情況發生之前要先幫孩子鋪好路才行，我們得先協助孩子學習「自然發音」跟常見的字「sight Word」。

根據研究顯示，約 90% 的英文單字是用「自然發音」來拼讀的，將自然發音學徹底，利用標準的發音來朗讀、拼字，就是學會最輕鬆的方式協助記憶單字，大大降低孩子背單字的負擔。

自然發音系列的書懷特推薦《New Phonics Kids》，這套書是當年懷特家使用的《Phonics Fun 小寶貝英語拼讀王》的更新版，全套共六冊，從認識 26 個英文字母開始，進階至字母發音到單字拼讀，重複性的短句唸謠，讓孩子容易琅琅上口，採循序漸進的引導教學，搭配上生動活

潑的插圖，讓學習更有趣。懷特家當年使用效果非常好，奠定了兩個孩子的發音基礎，提供給家長參考，不過目前市面上很多自然發音書籍都很不錯，可以自行挑選。（本套書詳細內容，請參考敦煌網路書局）

《New Phonics Kids》系列

作者：Su-O Lin, Rene Hsieh
出版社：敦煌書局

更新版

https://is.gd/wlK8ik

以上 3 張圖片取自敦煌網路書店公開試閱，歡迎掃描 QR Code 或輸入短網址查看更多資訊。

《Phonics Fun 小寶貝英語拼讀王》

作者：林素娥、謝靜惠
出版社：小語言

已絕版

此為懷特家當年使用的舊版本，新版請至敦煌網路書店查看。

在學習自然發音的同時，也必須學習認識更大量的單字，才有辦法進入到初級的讀本，在這裡懷特要介紹一套很棒的銜接書籍，偏向「生活化」，分成六冊先讓孩子認識字彙的詞性，以 Book 1 動詞篇（Verbs）／ Book 2 形容詞篇（Adjectives）／ Book 3 名詞篇（Nouns）／ Book 4 介系詞篇（Prepositions）／ Book 5 初學單字篇（My First Words）／ Book 6 數字篇（Numbers）」等主題分為六冊，是一套專門為學前及幼稚園兒童設計的基礎字彙文法書，主要在幫助孩子認識簡單的字彙與簡單的句型文法，並培養英語閱讀的技巧。詳細內容請參見各大書局。

《FUN 學美國各學科 Preschool 閱讀課本》

作者：Michael A. Putlack, e-Creative Contents
出版社：寂天文化

https://is.gd/rAE3WU

以上 6 張圖片取自寂天閱讀網公開試閱，歡迎掃描 QR Code 或輸入短網址查看更多資訊。

《Nonfiction Sight Word Readers》這套書分 A、B、C、D 四個不同級數，每盒各有 25 本，每本的主題都搭配一個 Sight Word。Sight Word 就是常見但大多沒有依循 PHONICS 規則來解讀的字，例如 of、in、the……等，這些字是整個字一起發音來學，就不會依循 PHONIC 的發音規則拆開來拼音。所以這套讀本正好可以補足見字即可發音、即可拼字的完整性。每一本小書的內容相當精簡很適合和孩子一同共讀，每個主題都是「有趣的生活」或「科學主題」，是培養孩子循序漸成為獨立閱讀者的好教材之一。

《Nonfiction Sight Word Readers》

出版社：Scholastic

https://is.gd/s1Qb7E

以上 4 張圖片取自 Scholastic 出版社網站，歡迎掃描 QR Code 或輸入短網址查看更多資訊。

懷特小語

分享 YouTube 頻道上幾個有關 Sight Words 的影片,可以輔助孩子來學習 Sight Words。

 Meet the Sight Words- Level 1 (FREE) Preschool Prep Company- YouTube

https://is.gd/UQjYic

 New Sight Words 1 | Sight Words Kindergarten | High Frequency Words | Jump Out Words | Jack Hartmann- YouTube

https://is.gd/bZOu1B

 100 Sight Words Collection for Children - Dolch Top 100 Words by ELF Learning- YouTube

https://is.gd/o6PE2x

　　除了上述幾套生活化讀本也要有精采故事來吸引孩子,互相搭配這樣孩子才不會厭倦學習,接下來推薦幾套已自行分級的「初級讀本」,非常方便操作。

《I Can Read》

作者： Syd Hoff

出版社：Harper Collins USA

　　《I Can Read》這一系列的書也是非常豐富的分級讀本，懷特當時是分批買進，有的是在國內書局以不斐的價格「單本 +CD」買進；有的在好市多購買（非常便宜，但無 CD）。以下列舉其中幾套：

　　其中，《Danny and the Dinosaur》這本書是懷特家哥哥 Danny 小時候最愛的其中一本書，他的英文名字就取自書中的小男孩男主角 Danny。走筆至此，讓懷特想起與孩子一起閱讀的溫馨時光。

《Read it Yourself with Ladybird Collection》
（50 冊合售）

出版社：PAN MACMILLAN

https://is.gd/QevDlE

　　是套偏向「童話故事」類的書籍。詳細內容請參考誠品網

路書局、Amazon。

以上 3 張圖片取自誠品線上公開試閱，歡迎掃描 QR Code 或輸入短網址查看
更多資訊。

《The Incredible Peppa Pig》 1-50 Collection （Yellow Box ）

https://is.gd/37t8cH

作者：Ladybird
出版社：LADYBIRD

　　是一套英國風格的書，內容是以「平常生活點滴的趣事」為主，非常適合親子共同閱讀，詳細內容請參考誠品網路書局、Amazon 網路書局。

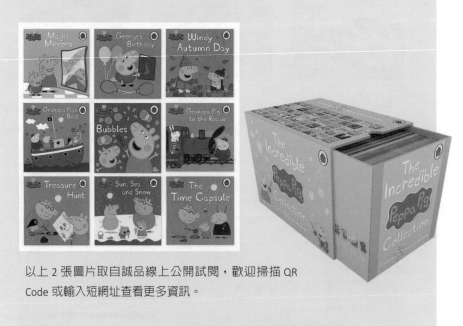

以上 2 張圖片取自誠品線上公開試閱，歡迎掃描 QR Code 或輸入短網址查看更多資訊。

懷特把分級讀本的「初級讀本」，視為進入橋梁書閱讀的重要「橋梁」，使用「初級讀本」的主要目的是讓孩子透過大量的接觸讀本，熟悉讀本裡面在生活中常聽、常說、常見的高頻率單字與句型，達到聽到、看到就能「辨識單字」或「理解句子」的能力，而且每一本都是薄薄的一本，很容易完成。

家長千萬不要小看初級讀本，想說簡單讀幾本就急著進入橋梁書，一定要讀非常多的初級讀本之後，讓孩子的地基打得穩穩的，這樣之後才好讓孩子順利無縫接軌，進入橋梁書或是長篇閱讀書，甚至是章節書。

至於很多到底是多少呢？其實沒有一定，這當然要依照孩子的個別差異決定。但懷特根據身邊許多跟著懷特家一起進行這些閱讀方法的孩子做的初估統計歸納，懷特建議是至少 200 ～ 300 本的初級讀本閱讀後，就可以讓孩子試試看進入初階的橋梁書。如果進入橋梁書後進行不順利，建議再回到初級讀本，做更多的閱讀，在給孩子一些充裕的閱讀時間，再做檢測，讓孩子可以順利銜接橋梁書。（圖中總共 198 本）

若您跟懷特一樣會擔心，就再多讀底下幾套書吧，共 70 本：

《Usborne Farmyard Tales》20 本

作者： Heather Amery

出版社： Usborne Ltd

《Usborne My Reading Library》

50 冊合售

出版社： Usborne Ltd

（有新版，誠品和 Amazon 網路書店有販售）

完成了以上接近 300 本的閱讀，爲了讓家長知道孩子閱讀的初級讀本是否足夠？是否可以順利銜接橋梁書？底下建議幾套懷特認爲介於初級讀本和初階橋梁書之間的書籍，提供家長作爲檢測用，以確保孩子可以無縫接軌進入長篇橋梁小說。若以下幾套孩子閱讀順利，一定可以開始進入初階橋梁書了。

　　但家長切記不要心急，若發現孩子還無法閱讀這些書籍，建議持續加強初級讀本的閱讀能力，準備好後再回到橋梁小說。畢竟好的開始是成功的一半，千萬不要揠苗助長壞了胃口。

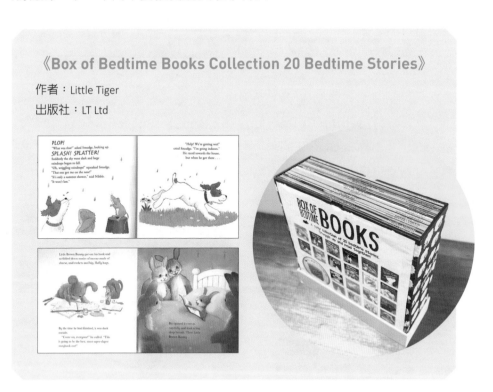

《Box of Bedtime Books Collection 20 Bedtime Stories》

作者：Little Tiger

出版社：LT Ltd

《Paddington Bear 10 Books Collection Pack Set》 10 冊

作者：Michael Bond

出版社：HARPER COLLINS

（誠品網路書店有新版）

《Start Reading Collection》 52 Books Collection

出版社：Hachette Childrens Books

（Amazon 有銷售）

《Practice your phonics with traditional tales》

出版社：OUP Oxford

這套書在書末有一個單元「Retell the story」，依照前面內文出現過的圖片，可以讓孩子試著再講出故事，設計得不錯，提供給家長參考。

《Big Box of Books Collection 20 Books Box Set Children Reading Bedtime Stories》

出版社：Magi Publications

最後一套，懷特也強力推薦牛津閱讀樹《Oxford Reading Tree》這套書，Level 分類非常完整，懷特家只買了 level 4-6，Level 6 以前的內容都是很好的跨入閱讀長篇橋梁小說的銜接教材，部分冊次內容也有搭配自然發音，家長也可以使用這套書來操作。

《Oxford Reading Tree》
出版社：Oxford University Press

超級無敵詳細內容介紹，可參考以下這個網站

https://is.gd/RbfAf8

下一個小單元就要介紹懷特家針對這些書籍的操作方式囉！

懷特小語

1. 若您購買的書籍是沒有 mp3 音檔的，懷特推薦一個很讚的 APP「喜馬拉雅 FM」，它也有 Web 版，家長可以上去搜尋關鍵字找 mp3 音檔。

2. 快速尋找分級讀本，請掃描 QR Code 到誠品線上的「分級讀本」分頁。

https://is.gd/LFCmYw

★英語學習必buy　　◆NEW外文語　　　語言學習　　　分級讀本

QUESTION
08 親子共讀的重要性？

　　大家都聽過：「一個人走得快，一群人走得遠。」懷特在第一章也提到「學習的路一起走，才走得遠；一起學，才會輕鬆。」這個觀念。從小孩子最親近最信任的人就是自己的父母，若父母願意花點心思時間，一開始透過活潑生動有趣的故事書來引導，絕對是可以吸引孩子，激起孩子天生的好奇心，願意坐下來父母身邊乖乖地一起閱讀，更能進一步培養專注力及建立閱讀的習慣。

　　懷特當年看了廖彩杏老師的書《用有聲書輕鬆聽出英語力》，得知她在帶著兩個孩子學習英語的當下，她的兩個孩子是雙胞胎，兩個孩子是一起學習的，因此有最親近的同儕一起學習比較不孤單，也比較有動力，實施共讀一定更有效果。共學並不只侷限在英文喔，只要孩子喜歡的都可以共學，如下面兩張照片！

　　根據研究，親子共讀可以說是對孩子跟家長都是好處多多，不僅對孩子未來的發展性有所提升，也能促進親子互動關係增進情感，且讓孩子能更健康快樂地成長學習。

　　當下懷特想到自己兩個孩子相差 3 歲，程度有一段落差，因此懷特剛開始將重心放在弟弟的加時陪讀上，利用這些初級讀本，加強基礎閱

讀能力，大約一年後終於追上哥哥的程度（當然哥哥這一年還是持續進步，只是弟弟加速前進而已），才開始兄弟共讀相同等級的讀本。

懷特也看過一些報導提到：有父母伴讀的孩子會比較聽話守規矩，也較不會有過動的行為。共讀除對孩子助益良多，同時也適時幫助家長成為更好的父母，更能減少親子之間的衝突。

懷特與兩個孩子共讀共學的過程，讓學習更加有趣、學習效果更好，跟孩子之間能聊的話題也更多了。如果您家裡的孩子也是年紀相仿的話，不妨也試試看懷特的方法。在孩子的英文能力起飛後，親子的共讀與分享絕對能讓英文學習之路走得更有樂趣、走得更久、走得更遠。

QUESTION
09 獨生子女家庭，家長該扮演什麼樣的角色？

在目前的社會競爭與經濟壓力下，生「兩個孩子恰恰好、三個孩子不嫌少」的口號早已消失了，現代家庭「只生一個」是很正常的。

家裡有兩個以上孩子的好處就是有同儕一起學習的動力，雖然剛開始家長無論幾個孩子都是要陪讀的，但是若您是獨生子女家庭的話，父母要扮演的角色就更加重要了，因為有兩個以上孩子的家庭進入學習軌道，制約完成後父母可以適度的放手，讓孩子們自己閱讀與共學。

　　懷特家孩子還小的時候，懷特會跟兩位孩子練習基本的對話，但英文口說能力建立之後，兩個孩子跟懷特只要在家活動，也能隨時隨地彼此間能用英文練習對話。在家用英文對話溝通對兩個孩子來說早已是家常便飯，甚至在外，也不害怕在別人面前用英文對話。兩個孩子睡同一間房間的上下舖，每天睡前二個孩子也會用英文聊天，有時甚至說夢話是用英文的，因此我們在家已經自行建立出英語生活環境。

　　但是獨生子女缺乏兄弟姐妹可以一起學習或互相練習的環境，此時父母在家只能持續扮演陪伴的角色，直到孩子能一個人獨立學習前進。但若是在家要為孩子創造練習口說能力的時候，沒有人跟孩子練習對話的環境怎麼辦呢？此時兩位父母還是要有人持續跟著孩子一起前進的，雖然比較辛苦，但是陪伴孩子一起努力成長的過程，是孩子感受到最有溫度的學習的。

　　若是家長真的只能做到陪讀的階段，口說真的沒有辦法的話，但還是想在家為孩子建立英語環境，此時懷特建議大量的聽有對話性口語的mp3 故事，或大量的看孩子喜歡的英文影片，來刺激孩子的耳朵，畢竟想要輸出還是要更大量的輸入的，這樣當孩子有機會開口說英文時，還是會有幫助。

請掃描 QR Code 觀看大量重複聽，聽到可以將整篇偉人故事倒背如流的弟弟。

https://is.gd/aDES2C

▍跨越到橋梁書的「橋梁」 —————————

1. Phonics 自然發音規則

　　自然發音是美語系國家教孩子學習美語時用來訓練發音的方法，也是懷特啓發孩子識字、發音、朗讀後，進入大量閱讀前「非常重要」的工具。

　　自然發音的規則要先從 26 個英文字母（letter）本身的名稱和讀音（sound）開始學起，字母的聲音之間互相結合便可唸出單字，因此孩子一定要熟悉了解字母的發音與拼字之間的關係。想要啓動閱讀模式正式跨入大量閱讀，一定要先把「自然發音」徹底搞懂，不管你的孩子要或不要，「就是一定要學」，不僅要學而且還要學得很徹底，後面閱讀的速度才會更快更流暢走得更遠，如果這個環節沒有做好是沒有辦法進入大量閱讀的。

> **操作方式** 點字成金——精讀

　　當時懷特家的自然發音版本是有附贈 DVD 影片，所以當時操作方式都是跟著書本的章節順序，先看影片，先聽發音，然後再開始翻書，跟著唸出讀音、一直模仿、一直跟著朗讀練習。

　　目前《New Phonics Kids》新的版本沒有提供影片，所以家長在操作這套書的時候，一定要用 mp3 音檔搭配課本，「邊聽邊看文字」再跟著大聲朗讀，目的是要讓孩子把「聲音跟文字做連結」。

更新版

《New Phonics Kids》
作者：Su-O Lin, Rene Hsieh
出版社：敦煌書局

本圖取自敦煌網路書店公開試
閱，歡迎掃描 QR Code 或輸入短
網址查看更多資訊。

https://is.gd/WGX2zj

　　將聲音與文字連結的方式就是使用「點字」技巧，聽到哪個字的發音，手指就點哪個字，懷特稱之爲「點字成金」法，重複幾次精讀，（「精讀」的意思就是要確實認識每一個字），確認孩子都會唸了之後，再加入 Activity Book （習作本）來加強練習，當然也可以趁著孩子坐車時、洗澡、玩耍或吃飯時，隨時播放 mp3 來做洗腦的工作，進而讓孩子對每個字的讀音或組合音琅琅上口。切記！進入階段二，在自然發音尚未完整學會之前，自然發音就是「必要的核心讀本」一定是每天要有的進度學習。

　　家長們可參考使用「螺旋式學習法」：假設今天學會第 1 課字母 A 的讀音，明天要學習第 2 課字母 B 讀音之前，一定要先複習，快速瀏覽 A 字母第 1 課的內容，同樣，進入 C 字母第 3 課之前要先複習 1、2 這兩課的內容，以此類推，等到累積夠多課了，例如累積了 8 課內容，進入第 9 課之前，就選複習 1、3、5、7 課，隔一天就選擇複習 2、4、6、8，，依次類推，做「螺旋式」的複習，每一課內容只有 2 頁，分批複習並不會花很多時間，但會讓孩子的學習進入長期記憶，增加學習的效果和強度。

已絕版

《Phonics Fun 小寶貝英語拼讀王》

作者：林素娥、謝靜惠

出版社：小語言

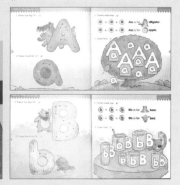

此為懷特家當年使用的舊版本，新版請至敦煌網路書店查看。

　　懷特在 YouTube 找到善心人士提供當時這套書的影片，在這裡提供 QR CODE 連結，強力推薦給家長多多利用，影片中自動醒目提示唸到哪個字是相當好的功能，而且在學習 26 個字母讀音時，還會順便介紹大寫、小寫如何寫得筆順。每天反覆練習容易感到枯燥乏味，所以過程中適當搭配唱歌，哼哼唱唱效果會比較好。

Phonics Kids 1A Unit 1-4 |The Alphabet | Aa Bb Cc Dd | - YouTube

https://is.gd/k9Glym

　　想要擁有正確發音、輕鬆記憶單字，首先一定要先把「自然發音規則」熟悉，做到能「看字讀音」、「聽音拼字」，要做到幾乎會唸就會拼、會拼就會說（當然有些例外的單字，只能背了），這樣才能順暢地唸出英文，加速前進到獨立閱讀。

懷特小語

1. 自然發音的學習順序，請依照家長購買的書籍，編寫順序，循序漸進學習即可，掌握一個原則，陪伴孩子一起學習，堅持不懈的反覆練習是關鍵。
2. 自然發音「非常重要$^{\times 3}$」，絕對不能只丟給幼兒園、美語班、或學校老師教，家長一定要參與並且確認學完整套教材！
3. 在這個階段孩子所認識的每一個字，對於孩子未來閱讀打下的基礎都是很珍貴的，字字值千金。
4. 免費的自然發音教學網站，均一平台的「自然發音的六十堂課」。在課程中，會有老師示範英文發音，以及有趣的轉盤、抽球等互動小遊戲讓你更有趣地練習，讓你看到字就會唸，會唸就會拼，最後可以用學習單知道自己的學習狀況，試試看吧！

 自然發音的六十堂課
均一教育平台（junyiacademy.org）

https://is.gd/Eul31j

2. 《FUN 學美國各學科 Preschool 閱讀課本》

懷特簡單介紹這套書的內容、架構與特色：

（1）Key Words（核心字彙）：

根據單元主題，收錄各類英語閱讀書籍中最常出現的關鍵字詞。

（2）Circle（圈圈看），Match（配對）：

練習看圖片找答案，或讓孩子以圈選或是連連看的方式選出題目中要求的詞彙。

作者：Michael A. Putlack , e-Creative Contents

出版社：寂天文化

https://tinyurl.com/2j8vndhz

以上 5 張圖片來自寂天閱讀網公開試閱，歡迎掃描 QR Code 或輸入短網址查看更多資訊。

（3）I Can Read（我會讀）：

將該單元的重點，寫成簡短對話或重覆性句型的短文，以作進一步的統整靈活運用。

（4）《Workbook》：

課後練習部分，先讓孩子學習核心單字的書寫，再透過字彙與文法圈圈看等練習，複習字彙與文法。

（5）生動活潑的 mp3：

課文內容由專業播音員錄製，以 Read（朗讀）或 Chant（朗誦）呈現。家長可帶著孩子一起聽，跟著朗誦，學習效果加倍！

懷特喜歡這套書的原因是版面設計清爽活潑，練習方式很多元，而且很容易達成一課的學習目標，另外，書末附有單字翻譯與解答部分，

是自學最需要的工具。學習本套書籍的目標是想利用這套書本營造孩子快樂的閱讀經驗，讓孩子喜歡學、樂意說，透過活潑大量的練習，自然習得基礎字彙與文法規則，發展英語口語與閱讀能力。

提醒家長，這套書需要 run 得很扎實，課本內容的句子無需跟孩子解釋文法概念，只要重複朗誦，讓孩子們透過簡易的句子，自然而然的朗讀學習，內化成生活的一部分即可。

操作方式　點字成金——精讀

第一步驟：

先播放聲音，接著再翻書，然後一直重複「聽＋聽讀＋朗讀」，這套是進入初級讀本前，需要認識的初級單字跟基本句型最重要的養成書，所以為了確保孩子都能學會認單字，跟朗誦基本句子，我跟孩子會邊朗誦，邊點字，確定孩子熟悉每一個字，每一句話。試閱書本內容請掃描前頁 QR Code。

第二步驟：

課本（TEXTBOOK）有動動手練習，我們會跟著做圈圈看、連連看配對，還有習作（WORKBOOK）我們也會動手做，當作複習，這個階

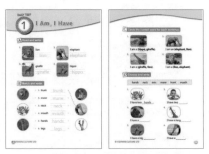

以上 2 張圖片來自寂天閱讀網公開試閱，歡迎掃描上頁 QR Code 或輸入短網址查看更多資訊。

段採螺旋式的不停重複複習，經由「重複練習」才能進入「深層記憶」，這本書可與自然發音同時並行，是剛開始每天必讀的「核心讀本」。

《FUN 學美國各學科 Preschool 閱讀課本》這套書的目標是讓孩子識字、認字，內容雖然簡單，但請家長不要因為簡單而進度太快，或許對於大人來說是很簡單的內容，但對對孩子來說，卻是全新的，尤其是對初學的孩子，他們需要更高頻率的練習，來鞏固基礎，最好保持一星期 1～2 課的「核心讀本」、1～2 課「衛星讀本」的速度。

請掃描底下兩個 QR Code 觀看可愛的弟弟在小小孩時，利用這套書認單字、朗讀句子，真的是字字值千金。

https://is.gd/9jz9in　　https://is.gd/FFk1bq

3.《Nonfiction Sight Word Readers》

這套書總共介紹 100 個 sight Word 都是基礎讀本中常見的單字，Sight Word 字的意義比較抽象，所以語言專家將這些字做成圖像來學習，看久了就會用了，因此稱為「Sight world」。這套書可用來跟自然發音互相搭配，也是可同時與《FUN 學美國各學科 Preschool 閱讀課本》並行操作。

這套書很適合外出攜帶，在車上就可以操作，非常精巧，一次一本非常容易達標。

作者：Liza Charlesworth
出版社：Scholastic

https://is.gd/LnR94G

作者：Liza Charlesworth
出版社：Scholastic

https://is.gd/WnPpnr

以上 4 張圖片取自 Scholastic 出版社網站公開試閱，歡迎掃描 QR Code 或輸入短網址查看更多資訊。進入網頁後，請按試閱鍵，才能看到更多的詳細內容。

第一步驟：

首先懷特會將書本附贈 Audio CD 的檔案轉成 mp3 格式，放上雲端硬碟，再利用智慧型手機來播放。這套小書也是只要配合讀本的音檔大量聆聽跟讀，先播放聲音，接著再翻書，然後一直重複「聽＋聽讀＋朗讀」，重複練習「點字成金」法，就能夠認得更多的常見單字，提升閱讀能力。

請注意，讀本內容的句子無需跟孩子解釋文法概念，只要重複唸，讓孩子自然而然的朗讀學習，內化成生活的一部分即可。

第二步驟：

因為課本（TEXTBOOK）有動動手練習，家長也可以帶著孩子跟著練習，但是當時懷特並沒有帶孩子寫這套 TEXTBOOK，因為操作《FUN 學美國各學科 Preschool 閱讀課本》這套書時已經做過充分的練習，懷特覺得孩子的練習已足經夠了，所以 Nonfiction Sight Word Readers 這套我們只是實施「聽＋聽讀＋朗讀」，並重複練習「點字成金」法。

您可以視孩子的狀況，決定看是否有需要多加的練習。懷特希望孩子學會，練習的目的是為了增加熟練度，如果孩子已經熟練，那懷特就不會讓孩子做過度的練習，懷特寧願多播幾次 mp3，跟著孩子一起多唸幾次，也不想孩子因寫重複性的東西，而覺得無趣，壞了學習興趣。

懷特小語

目前懷特家的英文學習 mp3 音檔案，全部都丟上 Google
雲端硬碟，雲端存取已成為現今學習必備的工具，手機
只要裝設 APP 即可方便存取。

大師鼓勵語錄

Abraham Lincoln 林肯：
I am a slow walker, but I never walk backward.
我走得很慢，但我從不後退。

4. 初級讀本

　　在前面懷特把分級讀本中的「初級讀本」，視為進入橋梁書閱讀的「橋梁」，推薦的初級讀本也非常多，此時因為正在扎根基礎，所以地基要鞏固是首要任務。懷特操作初級讀本的原則就是「橫向」要「夠寬夠廣」，不要侷限，未來的「縱向」發展才能走「更深更遠」。

　　懷特的初級讀本操作比較彈性，沒有大量使用「點字成金」進行精讀，採用「廣讀」方式，以下稱之為「吸英大法」。懷特列舉前面介紹過的幾本初級讀本中的內頁圖文模式給家長參考選書，懷特挑選這些書的主要原因是文字跟圖片都是緊密搭配的，有助於孩子的理解與閱讀速度。

有了前面：1.Phonics 自然發音規則；2.《FUN 學美國各學科 Preschool 閱讀課本》；3.《Nonfiction Sight Word Readers》的「點字成金」打下了基礎之後，孩子對於一些常見的英文字應該已經建立一定的基礎。接下來為了加廣學習，4. 初級讀本我們要使用的就是「吸英大法」。

所謂的「吸英大法」就是因為這個階段孩子學習的速度就像海綿一樣，你給孩子什麼，他們就吸收什麼，利用這個特殊的學習狀態，就大量的給孩子廣讀來加速前進。

「廣讀」就是每本讀本不用一字一句研究清楚，只要孩子理解大概意思即可，具體的說每本讀本可以理解 80% 就夠了，就可以先換下一本讀本，這次閱讀雖然有 20% 沒理解（注意這 20% 無須解釋，也不要查字典），其他書本的內容有時又會再出現跟這 20% 相關的連結，這時候孩子就會自己再吸收，一直重複實施廣讀，當再次閱讀時，第一次閱讀不理解的比例就會再次降低，自然就慢慢的補足剛開始沒理解的 20% 的部分，因此過一段時間重複閱讀也是一種善的循環。

從兩個孩子的身上發現，廣讀所培養的實力，比以前我們老派的閱讀方式——即每一本書每一句話都要精讀——所學到的還要更多，學的速度更快，老派精讀適合用在起步階段 1.2.3. 紮根建立地基，完成 1.2.3. 階段，進入到 4. 廣泛閱讀的階段，若採用精讀，一本讀本所花的時間孩子可能已經廣讀超過十本讀本了。所以懷特建議家長在這個階段

就開始使用廣讀，廣讀才可以大量的吸收，不必再每本使用點字成金來精讀。

另外，大部分套書會再自行分級，有些有mp3音檔，有些沒有音檔，有音檔的一定會採用「聽＋聽讀＋朗讀」的模式循序漸進，因為時間沒那麼多，所以朗讀不會每本書都實施。

實施完以上的步驟，我們真的就可以無縫接軌進入到底下的初階橋梁書了。底下由Danny and Johnny 兩位孩子及懷特共同推薦

若家長不放心孩子到底懂了嗎？會唸嗎？當然可以跟懷特一樣偶爾陪孩子來一次點字成金，隨時檢視成效。

https://is.gd/gCJqeF

的「初階橋梁書」入門必讀好書，家長可以先給孩子讀讀看，測試孩子是否能夠順利接軌。這裡要提醒家長剛開始的時候，孩子可能會有一點點不適應，因為突然變成全部都是文字，所以會有一個適應期或是煎熬期，俗話說：「頭過，身就過」，孩子跟家長一定要很認真、很努力的試試看，可以放慢閱讀速度，配合mp3音檔，一天不要太多頁，放慢速度。只要理解大概故事內容即可，不懂的地方千萬不要查單字，因為一句話或一個單字並不會影響整個故事內容，只要可以持續前進就好。若是無法順利接軌，就要再看更多的初級讀本。

想要快速的奔跑，就要先學會慢慢走、穩穩地走！就像棒球選手一樣想要擊出全壘打，就要不斷持續重複的練習基本的揮棒動作。學英文也是一樣，先紮紮實實的做好做滿以上懷特建議的兩大核心步驟，「點字成金」＋「吸英大法」＋「大量聽無極限」才是讓英文能力更上一層樓的不二法門。

大師鼓勵語錄

William John Henry Boetcker 美國勵志演說家：

Never mind what others do; do better than yourself, beat your own record

from day to day, and you are a success.

別在乎別人怎麼做；只要做得比自己更好，

每天突破自己的紀錄，你就成功了。

初階橋梁書

《Junie B. Jones》系列

小女生
首選

年齡層： 5- 9 years

Lexile® measure 330L-560L

作者：Barbara Park

出版社：Random House, Inc.

（詳細資料，請參考敦煌網路書局網頁。）

https://is.gd/ni4cin

｜內容介紹｜系列介紹｜目錄及大綱｜試閱試聽｜社群文章推薦｜

請按目錄及大綱

這套書的內容是有關一位古靈精怪、調皮、幽默的小女生 Junie B. 上幼稚園的趣事，這套書一定要搭配 mp3 來聽故事，朗讀故事者真的把整個故事的女主角描述得栩栩如生、活靈活現，懷特對這位朗讀者實在佩服到五體投地。

　　故事本身充滿趣味，作者的文筆幽默，其筆下的主角 Junie B. 是個與一般孩子非常不同的小女孩，經常有異於常人的天真想法與行為，有時稚氣又任性不可理喻，但聽起來又非常爆笑直爽可愛。當年懷特與兩位孩子在聽這套故事與閱讀的過程中真的充滿歡笑與樂趣，一本接著一本，當時我也是跟著孩子一天一本的完成這套書籍，懷特邀請您一起來閱讀這套書籍！

2017 / 11 / 08
堅持一天讀完一本的英文故事書，告訴孩子爸爸跟你們一樣，每天都在努力學習英文，今天已經來到第 18 冊，也就是說第 18 天了，這套書共有 30 冊，在此跟好友的你分享，堅持才看得到希望，不是看到希望才堅持，我就是熱愛分享。

《My Weird School》第一季

小男生
首選

年齡層： 6- 10 years

Lexile® measure 540L-700L

作者：Dan Gutman

出版社：Harper Collins USA

https://is.gd/Wm6SkZ

由書名「我的瘋狂學校」可以猜想，這套書一定是有其特別之處，這套書籍完全顛覆傳統想法：學校生活定是中規中矩，校長、老師都是一本正經的。

故事呈現學校到處充滿「weird」的老師、包含校長！相當趣味。《My Weird School》故事內容是有關一位逗趣的小男孩 A.J 與他的同學 Andrea Young 在小學校園生活的趣事。這套書在全球也熱銷近千萬冊，是美國小學指定的課外兒童讀本，因為故事內容以學校生活為主題，內容對話口語相當生活化，不僅另類且有趣好笑。

主角 AJ 表達中帶著稚氣天真的口吻（mp3 呈現），再加 A.J. 每天都經歷許多讓人意想不到的故事情節，故事情節跟學校生活相近，校園生活充滿爆笑與精彩，很能引起孩子共鳴的一套必讀書籍，尤其適合小男生。

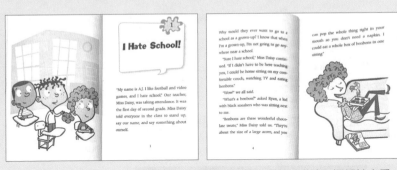

敦煌書局網站有提供各冊試閱內容，可掃描前頁 QR Code 或輸入短網址查看。

　　懷特跟孩子們一開始看之後就停不下來，我們同時會播 mp3 來聽故事，這套書也是一定要搭配 mp3 來聽故事，朗讀模仿說故事者的生活化口吻，會讓讀者感覺身歷其境，讓故事更加貼近真實的生活。

　　後來我們也繼續加購《My Weird School》其他系列（第二季、第三季……）的書籍來閱讀。例如：第一本書《Miss Daisy Is Crazy！》主角老師 Miss Daisy 居然不會數學加減法法，也不會乘法或除法，甚至連簡單的英文單字都不會拼字，還有呢！A.J. 學校的校長也很另類，如果全校學生閱讀完一百萬頁的書籍，校長就把學校禮堂開放一個晚上當作電動遊樂場，讓孩子打電動——真的是大人小孩都會喜歡的瘋狂學校！

懷特小語

提供一個聽讀操作小技巧，因為原書 mp3 音檔大部分無法調整播放速度，這兩套書在 YouTube 有相當豐富的讀本內容影片跟朗讀聲音，此時可以利用 YouTube 的播放功能，將速度調慢一點，來輔助閱讀，若是未購買書籍，也可以直接利用影片聽聽看喔。

1. 原書 mp3 音檔，非常精彩的語調＋書本畫面

https://is.gd/dJnLHe

Miss Daisy is Crazy！- YouTube

2. 非原書的 mp3

https://is.gd/qQL8uq

Junie B. Jones and the Stupid Smelly Bus （Book 1）- YouTube

大家
都想問的
Q & A

QUESTION
10 為什麼建議最好持續陪
伴學習 3～5 年呢？

　　依我的經驗，陪讀 3～5 年學習所累積下來的成果，就足以構成孩子自己持續前進的基礎了。而且 3～5 年每天學習，習慣與基本能力已養成且制約（沒做學習英文這件事，會感覺怪怪的，就是要學英文），此時家長可以選擇性陪伴，但是要注意的一點是，持續讓孩子每天規律閱讀與聆聽英文故事 mp3，每天朗讀幾分鐘故事書，並且一定要繼續關心孩子的學習狀況，若您沒空陪著孩子看書，但是至少要關心他看了什麼書，有什麼進度，一起分享閱讀的內容，這樣你才能知道孩子的學習進度，知道什麼時候幫助孩子推進到下一個階段。

　　3～5 年的學習之後，大致上孩子英文最基礎的能力已經初步建構，包含自然發音的發音技巧，自然發音規則的熟練度都已經養成，應該已經具備朗讀的時候可以有看字拼音，唸出基礎的單字與句子的讀音，甚至拼出基礎單字。當孩子透過自然發音規則建立了「字母」與「發音」的音感連結後，自然而然就會唸、就能背更多單字、記得更快、更熟！但其實持續閱讀下去，藉由閱讀孩子就會看懂單字，也不用刻意要求孩子背單字。

　　另外，若您真的是很認真執行陪伴孩子學習的家長，恭喜你！依懷特的經驗與觀察身邊請教過懷特的家長們，大部分他們的孩子在第 4～5 年是已經可以開始輕鬆的進入閱讀初級讀本了。若到了這個階段，懷特提醒你，離成功不遠了，慢慢的你將會追不上孩子的學習速度，但你的心情卻是喜悅的。此時可以循序漸進的準備進入初階橋梁書了。

> **懷特小語**
>
> 1. 後面將有單元詳細介紹有關背單字的相關問題。
> 2. 每天朗讀故事書至少 5 至 10 分鐘,是為了將來口說能力打好基礎,不可忽視這個步驟。
> 3. 把握一個簡單原則,把閱讀英文故事書變成生活的一部分,養成習慣之後,自然水到渠成,就像每天都要吃飯、睡覺一樣,英文也要天天接觸才行的。懷特溫馨提醒一下閱讀時要注意燈光的明亮度,還有要讓眼睛適時的休息喔。

QUESTION 11 陪伴孩子學習的路上,遇到困難怎麼辦?

　　如果你一開始有依照孩子的年齡及閱讀程度做分級挑書的話,循序漸進的學習前進,基本上不會遇到太大的困難,通常最大的問題就是沒有堅持,養成天天接觸英文規律的習慣。所謂的分級閱讀,就是按照每位孩子在不同年齡階段的英文水準、心智成熟度、個人興趣或偏好……等,挑出最適合孩子當下閱讀水準的讀物或是協助孩子到書局或網路書店選擇適合孩子讀的書。這是家長或引導者最需要花心思時間精神的地方了。

　　挑合適的教材尤其對於英語初學者相當重要,挑錯教材不僅徒勞無功,還可能抹煞了學習者的信心。尤其是兒童早期學習的啟蒙階段,找到適合您孩子的英文讀物是非常非常重要的學好英文關鍵因素之一。

　　懷特說真的,「閱讀啟動了,面對了,前進了,一切就會變好了。」只要確定自己跟孩子是持續往前進的方向,當你們能力累積夠了,自然會明白下一步該怎麼走。

現在是個資訊爆炸的時代，當你遇到操作困難時，網路上有非常多的資訊可以參考，若您不嫌棄的話了！請寫信給懷特 cliomilk2016@gmail.com，我們一起討論，讓我來協助你。

懷特小語

挑書我認為是執行過程中最會遇到的困難的事情，除了啓蒙階段使用廖彩杏書單之外，其他階段挑書我幾乎都自己來，自己做功課，因為我認為我自己最懂我的孩子，最了解我的孩子要的是什麼，進入到高階橋梁小說之後，孩子自己就會判斷告訴你他想讀甚麼類型的讀本了，也就是您的孩子已經成功攻佔英文閱讀的領域了。

大師鼓勵語錄

世界球王——羅傑‧費德勒（Roger Federer）：

You have to put in a lot of sacrifice and effort for sometimes little reward but you have to know that, if you put in the right effort, the reward will come.

雖然付出很多犧牲與努力，才能獲得有時很少的回報。

但你必須知道，付出正確的努力，回報總有一天會到來。

QUESTION

12 如果孩子已有一點基礎，要怎樣進入章節小說？

如果孩子在常見的 Sight Word，或是像《FUN 學美國各學科 Preschool 閱讀課本》那六本的基本句型都能理解的基礎之下，懷特建議就直接進入閱讀初級讀本的階段開始即可。

▎如何檢測是否讀懂 ─────────────────

　　我想大部分的家長都知道，在學英文的時候，很多專家都建議先讓孩子好好的學，在孩子尚未付出夠多時間，或未完成某些學習過程與習得成果前，盡量不要去考孩子，因爲可能造成孩子壓力過大，不想學英文，害怕接觸英文。可是我們身爲家長的總是會很好奇，到底孩子聽懂了沒？讀懂了沒？其實懷特發現如果有孩子有持續不間斷的一直閱讀，那身爲家長的你就不用擔心有沒有讀懂這件事情，試想您自己看著一本字都不認識的書，又沒有圖片的，那您會一直想一頁一頁翻下去嗎？所以如果讀不懂，孩子其實就不會有一直讀下去的動作了。

　　但懷特認爲時時了解孩子的學習狀況是必要的，也才能知道孩子該不該進入下一個階段，孩子的閱讀有沒有什麼有趣的事情，藉由一些方法，讓孩子學會表達，學會講述自己的心得，這些都是閱讀英文之外，素養基礎的建立。最重要的關鍵是，家長千萬不要急，孩子學習的過程都是慢慢累積的，「少即是多，快即是慢，早早起步，慢慢來」，要給孩子一次又一次的練習機會，要陪伴孩子一次又一次的去累積，這樣日積月累後，因爲英文閱讀帶給孩子相關的素養能力也絕對不容小覷。

　　在閱讀英文的過程，懷特最在乎的是孩子的閱讀樂趣，英文的胃口，所以在檢測孩子是否讀懂時，採用底下幾個使用過的方法，給家長參考。

　　懷特分兩個部分「初級讀本」與「橋梁書」來說明：

1. 初級讀本（橋梁書的「橋梁」）

操作
方式　使用「開放式的問題」

我認為初級的讀本，因為內容的文字與呈現圖片都是互相緊扣的，所以內容的難易度，孩子跟家長在理解上大部分絕對是沒有問題的，如果你想要知道孩子到底理解了嗎？或是是否學會了這本書的內容？你心裡一直想要問孩子問題，懷特在這裡給家長們建議一個原則，請以開放性的方式來問孩子問題，「不要只有對、錯」，因為說真的每個人對於故事的內容理解不同、看故事的角度不同、對故事主角的認同與否，都不盡相同，此時可以採用「開放式的問題」問孩子。

懷特以底下兩張圖為例：

（1） 你覺得左圖中兔子快到終點時，兔子的動作想表達什麼呢？從左圖中你覺得 rush 是什麼意思呢？（傾聽孩子的想法與創意思維）

（2）在左圖中媽媽不太會 rush 唸這個字，你可以唸給媽媽聽嗎？（若遇到孩子說你發音不好時也適用）

（3）爸爸感覺這故事很精采，從右圖中兔子對烏龜做的動作，你可以說說你覺得 I did not get you！這句話是甚麼意思呢？（**提升孩子成就感，讓孩子當主角**）

　　還有一種狀況就是孩子遇到故事內容無法理解時，你可以先聽聽孩子的想法，或許你聽完孩子的想法會有意外的收穫，心想！天啊！我的孩子也太有創意了吧！跟自己的想法是不太一樣的，最後再跟孩子分享你的想法，我想這會是比較好的互動方式。

　　另外，剛開始陪讀時應循序漸進慢慢來！問孩子問題時，一開始請不要刻意要求孩子用英文回答，讓孩子自己選擇中文或英文，我們的目的就是只想知道孩子到底閱讀了沒、理解了嗎？如果你在問問題過程中，你覺得孩子的回答有誤，也請不要立即指正，因為當你很急著指正孩子錯誤時，反而會讓孩子更有壓力，下次就不開口了，同時也會造成孩子閱讀的興趣減弱，中途打斷他的回答也是不好的。

　　根據我自己的觀察得到的經驗，隨著閱讀聽讀時間的拉長，閱讀書本越來越多，有些看不懂的，或是回答家長錯的答案，這些錯誤都會迎刃而解，不再是問題。相信我！孩子會自行修正的，也請相信您的孩子一定有這樣與生俱來的能力，只要您「天天灌溉孩子的英文腦袋」，「培養孩子的英文耳朵」，天天施肥，半年或一年後英文種子便會開始發芽，幾年後的大豐收是指日可待的。

2. 橋梁書與章節書的檢測

操作 方式｜「Scholastic Learning Zone 線上英語能力閱讀檢測系統，簡稱為 LitPro」

當孩子的程度一天比一天進步，我常跟朋友說我們雖然是陪著孩子一起讀，但孩子的進步速度絕對會是超乎你的想像的，總有一天你會追不上孩子的學習速度，因此有一件事情很重要，懷特在此要強調一下「當你追不上孩子的速度，至少你要知道孩子的程度」。

你會想說懷特你是在哈囉嗎？已經追不上了，怎麼可能知道孩子的程度呢？這就是接下來我要跟大家分享的最佳工具。

因為孩子看的書籍越來越難，越來越厚，家長每天要上班忙進忙出，此時你已經無法撥出更多時間來看這些進階書籍了，此時我們當家長的就要找幫手來幫你自己，確認孩子看的書是否真的理解了，因為你沒跟著孩子看一樣的書，所以你也無法再問「When、Who、Where、Why、How」等開放式的問題了！

當時我也正在為這個問題苦惱時，真的就有好幫手出現了。

我所謂的幫手就是：「線上閱讀認證軟體 LitPro」，我先簡單的介紹這套系統，後面附有弟弟認證的珍貴影片，給您參考整個過程！。

我們參加的這一套 LitPro 系統是由美國的一家英文出版社 Scholastic 所建置的「Scholastic Learning Zone 線上英語能力閱讀檢測系統」，目前費用每

年 1200 元，它主要的方式就是當孩子讀完一本書可以上去線上回答有關該書的 10 個問題，這 10 個問題是跟文法完全沒有關係的，只有跟故事的理解有關係，類似我們中文的閱讀測驗選擇題，如果 10 題答對至少 8 題，系統就會給你通過「You Passed！」的標示，然後它同時會告訴你你已經讀了幾萬字，同時也會給你一個相對的一個等級與分數，告訴你在美國你是屬於哪一個等級的讀者，同時每三個月，可免費檢測一次孩子的程度，給孩子一個目前閱讀能力的分數 Lexile 值（藍思值），這一 Lexile 值也可以跟其他的國際認證的測驗做一個參考分數的轉換。

　　這裡要最看重的不是在於孩子在這個系統上的 Lexile 值得分是多少，而是 Lexile 幫助你確認你的孩子是不是已經大致上讀懂了每一套書，

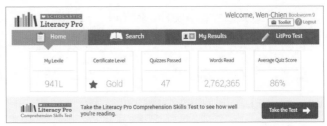

更重要的事是會上來使用這套系統的背後的關鍵因素是在家長的引導之下，不知不覺中孩子已經養成「閱讀的習慣」，這才是家長該值得高興的事。

這個認證的系統會給孩子很大的正增強，通過時螢幕顯示「You Passed！」時所獲得的成就感，還會顯示一年內累積幾十萬甚至幾百萬字的字數統計，顯示「Lexile measure」值、金星「★ Gold」認證等級，對孩子而言都是很大的鼓勵！其實看看上面的兩張圖片 LitPro 的最大好處就是幫你「量化學習成果並且自動記錄」。

另外，懷特要特別強調，這裡使用理解即可的「廣讀」方式，無須像教科書一樣「精讀」每一個字，用「廣讀」的方式輕鬆地享受閱讀速度才會快，孩子的閱讀能力才能快速累積。

最後補充一下，這個系統認證後也會給予建議目前孩子程度的書單，但懷特是不太參考的，還是老話一句，我自己最懂自己的孩子，我跟孩子一起挑自己想看的書。

懷特會利用寒暑假跟孩子一起設定目標，利用小孩子要什麼東西，跟他條件交換，懷特稱之為「哪裡痛，打哪裡」，就是利用孩子一直渴望想得到的東西，去誘惑孩子學習。（後有補充說明）

例如：當孩子達到目標完成《納尼亞傳奇》這套書的 LitPro 認證，就給孩子挑選自己喜歡的禮物，利用孩子最想要的玩具去激勵、引誘孩子的閱讀動機，確實也加快了閱讀速度累積更多的閱讀量，提供給家長參考。哥哥喜歡魔術方塊，撲克牌，弟弟從小就喜歡樂高。

2018年7月23日·

107年7月23日 我的45歲生日
小三誠和小六謙 送給爸爸的生日禮物
一路以來用閱讀陪著兩個孩子學習英文
繼七本哈利波特原文認證過後
兩個孩子在五週後的今天
又通過七本納尼亞傳奇原文認證
從來沒有補習
用自己的方法陪著孩子學英文
孩子們點點滴滴的成長都讓我感動
去年德國行
老大在蒂蒂湖咕咕鐘的精品店
好奇的用英文向店員詢問
咕咕鐘運行原理近20分鐘
讓我相信我教孩子們的英文方向是對的
還是孩子送給爸爸最棒的生日禮物

2018 / 07 / 23

107 年 7 月 23 日我的 45 歲生日

小三誠和小六謙送給爸爸的生日禮物

一路以來用閱讀陪著兩個孩子學習英文

繼七本哈利波特原文認證過後

兩個孩子在五週後的今天

又通過七本納尼亞傳奇原文認證

從來沒有補習

用自己的方法陪著孩子學英文

孩子們點點滴滴的成長都讓我感動

去年德國行

老大在蒂蒂湖咕咕鐘的精品店

好奇的用英文向店員詢問

咕咕鐘運行原理近 20 分鐘

讓我相信我教孩子們的英文方向是對的

這是孩子送給爸爸最棒的生日禮物

最後，麻煩您觀看哥哥、弟弟如何認證的過程，難
得找到珍貴的紀錄影片。

https://is.gd/XBzRbL

小四弟弟 Lipro 認證現場紀錄影片 2019/5/18，認證
小說：《Magnus Chase and the Gods of Asgard》，
作者：Rick Riordan，出版社：Disney-Hyperion

https://is.gd/O5ubyu

懷特小語

❶ 美國的英文分級閱讀系統中，藍思分級閱讀系統是知名度最高最具公信力的，也是目前國外應用最廣泛的認證系統。利用藍思分級閱讀測評系統，可以提供讀者快速準確地了解自己的英語閱讀能力與水準，然後提供建議書單，讓讀者快速找到適合自己閱讀水準的英文讀物，透過長期持續的閱讀，提升英語閱讀能力。

❷ 補充說明：「哪裡痛打哪裡」

A. 學習這件事一開始是需要制約的，但為了避免讓孩子誤解要有交換才要學習。所以交換條件的過程只是最開始的手段，最主要是擔心孩子沒有辦法養成樂於學習的心態，通常在一開始會較頻繁，當孩子已經在學習過程中找到樂趣和成就感時，交換的次數會變得很少很少了，慢慢趨近於 0。就像懷特家弟弟，目前是每天早晨一醒來或回家的第一件事，都是立刻拿手機聽英文故事，這是因為他已經被制約養成習慣而且聽英文故事對他來說勝過其他的條件交換了。

B. 對於年紀比較小的孩子，請家長要修正一下表達方式，不要用「交換」這個字眼，要稍微包裝一下。例如：您可以跟孩子說，如果你讀完這一本英文繪本，媽媽會覺得你很努力，實在很了不起，所以媽媽把養樂多當成對你努力的肯定，這樣能讓小孩子覺得，他所得到的額外獎勵是因為他的努力。

C. 其實所謂的交換或者獎勵，在孩子很小的時候不要用物質的方式，懷特家孩子在很小的時候，獎勵的方式通常是爸爸或媽媽一個誇張的愛的擁抱，或者床邊故事多講一本，或者每天的公園散步球類運動增加 30 分鐘，或者多陪孩子下一盤西洋棋，或

者和孩子一起著繪本顏色，對於小小孩而言，他們都會非常開心的。所以獎勵請不要著眼於物質，很多心靈上的滿足是小朋友更喜歡的。千萬不要在孩子還很小的時候就養大孩子的胃口，盡量用精神心靈的滿足當獎勵和肯定。

D. 懷特夫婦認為想要得到東西本來就需要付出努力，天下本沒有不勞而獲的事。就像大人如果想要買什麼東西，當然就要努力去賺錢。我都告訴小孩，雖然你們還不會賺錢，但是如果想要額外的東西，還是要付出更多的努力，並不是想要什麼東西爸爸媽媽就要買給你。我們家的觀念是想要得到額外的東西，請付出更多的努力。而這額外的東西有時也不一定是物質，對於小六的哥哥而言，他現在最想獲得的額外東西是學會魔術，所以他付出很多額外的時間在網路上學習，想要額外的東西，不論有形無形本就該付出額外的努力，這是天經地義的事。

以上 4 點額外補充希望能更清楚表達「哪裡痛打哪裡的意思」和為孩子英文教育努力的家長們分享。

朗讀與口說能力的訓練方式 ———————————

　　口說的能力要好，一定要做到聲音「大量的輸入與輸出—— as much as you can$^{\times3}$」。輸入就是不斷的聽 mp3 故事音檔、英語廣播節目，看英語電視節目或電影；輸出就是朗讀讀本、文章或是雜誌，接著就是以不看讀本、文章或雜誌為前提，自己練習用英文說出內容。

使用教材 | Live ABC 英語故事袋

　　懷特訓練孩子的方式——

第一步：模仿你聽到的內容（朗讀），並聽自己的發音（修正）

　　口說訓練前，為了孩子的發音漂亮，一開始一定要透過大量的朗讀來做訓練，朗讀的用意是模仿後，再聽自己的聲音來做校正。孩子的發音要漂亮，首先要刻意的去模仿 mp3 母語人士說話的語調、重音、連音等等，錄下聲音後並播放給自己聽，再回頭聽一次 mp3，兩者比較後再進行修正，如此錄音、播放、修正，反覆同一部份數次，才能把發音修正的更為精準。想要讓自己的口語能力更精進的話，一定要如此反覆練習。

　　懷特是以 Live ABC 英語故事袋這套書來操作，因為所有故事都是短篇的故事，每一篇只有 1 到 4 頁而已，簡短且常見的故事內容，可以吸引孩子。若內容太長，或故事太深奧，孩子需要花精神在理解上，就無

法專注於修正發音的朗讀練習。操作時，先聽故事模仿 mp3 語調，然後錄音調整自己的發音，唸得越像越好，操作起來相當輕鬆。

操作這個練習最重要的是錄音，和事後的修正反饋。為什麼一定要錄下來呢？通常我們在說話的當下，很難注意到自己發音上的錯誤，往往我們當下關注的是交流的內容而不是自己發出的聲音。所以如果你不能找出自身的問題，就很難糾正。

記得孩子第一次聽到自己錄出來的聲音時都很驚訝，「啊！我唸的聲音是這樣啊？我怎麼唸得這麼奇怪？好像跟 mp3 唸的不一樣耶！」雖然朗讀時已經聽到自己的聲音，但是跟錄起來再去聽，真的非常的不一樣，孩子自己聽到時就可以立刻得到回饋，畢竟他們反覆聽 mp3，培養出來的「英文耳朵」比我們大人更為敏銳。利用手機 APP 把你的話錄下來，並把需要調整修正的地方記錄下來，隨時刻意練習，就會有像國外英文母語人士一樣漂亮的流利英文了。

底下請您掃描 QR CODE 觀看實際操作方式，兩位孩子快樂的朗讀故事書。

https://is.gd/UeCpF2　　https://is.gd/U504NI

第二步：獨自練習、簡報說故事

除了第一步照著書本一字一句大聲朗讀後，做語調與發音的修正以外，也要試著讓孩子不看書，用自己的話來講出剛剛所唸的同一篇故事。在弟弟小一時，我教兩個孩子自己抓故事重點「做簡報」，然後試著按照簡報提示的重點，用英文把故事用自己的話講出來，自己講出來的英文，才真正是你的實力。不過有時候孩子實在太熟悉這些故事了，感覺像是背起來了！即使是這樣也沒關係，只要能說出來就很棒了，要給孩子拍拍手！

懷特在做這些操練時，沒有想過會得到其他的能力，現在回頭想，這樣一個做簡報說故事，其實讓孩子練習了抓重點的能力、有架構後編排故事的能力、做簡報的資訊能力，訓練講話的能力，台風的訓練。很多素養的能力都不是刻意去培養，而是在無形中因為一個主軸——學習英文，而附加產生許多寶貴的素養能力，這也是送美語班完全無法達到的，所以陪伴孩子學習是家長給孩子最大的愛。

因為懷特與兩個孩子都會同時實施這個方式，所以我們彼此互相給予一些建議，畢竟自己看自己總是會有盲點，能夠有旁觀者給予指導或是回饋是十分重要的。

請掃描以下 QR CODE 觀看實際操作方式，兩位孩子用簡單的簡報說故事：

https://is.gd/Txk6CN　　https://is.gd/pekZbu

上面提到，孩子熟悉到把故事背起來了。在此，懷特要給初學且已有點基礎的孩子建議「透過句子來學習英文」，若能把書中的短句背下來，那更是最好不過的事了！（PS：能夠聽到背起來，是最賺最多的）多背一些基本的句子好處多多，因為此時孩子的腦袋很強大，（因為還沒被汙染！），記憶力非常驚人就像海綿一樣，給什麼就吸什麼，背到後來，使用上犯錯機會很少，對口說的幫助更是能夠自然反射性地脫口而出。這就是常說的「語感」。其實很多基礎的英文文法，只要用慣了，習慣成自然，就大功告成。

　　如果孩子背了很多正確的句子，總有一天，當孩子在說英文時，遇到複數可數名詞，自然會使用複數形的名詞，同樣的遇到第三人稱，單數，現在式，動詞自然會加上 s，這一個規則應該最早接觸的一般動詞變化文法。另外提到過去的時間點，也會用過去式。另一個大家常犯的錯誤，將兩個動詞放在一起造句，（如：1. 一般動詞 + 一般動詞 2.Be 動詞 + 一般動詞）……孩子也不會犯這樣的基礎文法的錯誤。當孩子進到國中階段考試時，遇到不會的題目，孩子會發現，為什麼我都可以猜對，別人卻都會猜錯呢？孩子或許說不出所以然，但是他就是會對，這就是孩子累積出來的語感。孩子能輕鬆應對，這當然從小家長陪讀一起努力打下的豐碩果實，想想未來您的孩子不用為英文所苦，英文脫口而出，那鐵定會是多麼美好的一天，對吧！陪讀累的時候，爸爸媽媽一定要繼續用這樣的未來想像堅持下去！

最後，提供懷特獨自練習的一個方式，在浴室洗澡時也是一個很不錯的零星時間，獨自練習的時機點，想像某一個場景，例如在售票亭購票、問路等，然後自己用英文演練一段對話，此時是完全沒壓力的。

懷特小語

懷特說過，不是刻意培養的資訊素養能力，弟弟在自己製作簡報說故事意外的收穫，弟弟在六年級，獲得全校簡報製作冠軍。

▍解決令人頭疼的單字問題

什麼時候可以開始練習拼字、寫句子？其實懷特一開始在帶孩子讀英文時，懷特只要求孩子會認單字就好，因為我認為只要自然發音基礎有打好，會唸就會拼單字，雖然無法涵蓋 100% 的拼出單字，但是它卻是輕鬆拚出單字最不可或缺的基石。

何時開始拼單字、寫句子，懷特認為這要依據孩子的學習成長速度，我無法說出一個實際年齡時間點，根據觀察，只要發音基礎打好，每天都聽故事或是接觸相關英文內容的音檔，持續每天閱讀書籍的習慣，孩子的單字能力與造句寫作是在無形之中就會建立的，家長無須過度擔心。

若是家長認為要加強單字的練習，底下提供幾個方法，懷特操作當時並不是刻意要背單字，懷特使用的方法都是「間接」的記憶單字，並不是刻意死背單字，否則孩會子覺得乏味。懷特就是想多些花招，讓孩子在無形中就把單字背起來。

1. 造句法

使用教材 | 兒童美語字典、自製表格

當時懷特自己下載國小必背單字，自製表格，讓孩子抄寫單字三遍，用意只是認識單字，在強調一次此時只需會認出單字即可，然後自己造句，讓孩子練習寫字與造句，當時孩子造的句子都是簡單的句子，懷特大部分是可以自己判斷對錯的，若是孩子不會造的單字，就請翻閱字典，抄一遍字典的例句，朗讀三遍。若是家長無法判斷，請參考Ｑ＆Ａ懷特有介紹輔助工具。

			✓	pizza	披薩	名詞	pizza	pizza	pizza	We ordered a pizza and watched movie.
			✓	pork	豬肉	名詞	pork	pork	pork	I eat pork today.
			✓	pumpkin	南瓜	名詞	pumpkin	pumpkin	pumpkin	Johnny taught me how to make pumpkin soup
			✓	rice	米飯	名詞	rice	rice	rice	Please give mi another bowl of rice.
			✓	salad	沙拉	名詞	salad	salad	salad	I feel like having a big tasty salad.
		✓	✗	sandwich	三明治	名詞	sandwich	sandwich	sandwich	Can johnny really eat such a huge sandwich.
		✓	✗	soup	湯	名詞	soup	soup	soup	Jearry made some soup for his two son.
			✓	strawberry	草莓	名詞	strawberry	strawberry	strawberry	Johnny put some strawberry on the cake.
			✓	sweet	甜的	形容詞	sweet	sweet	sweet	Ants love sweet food.
			✓	taste	嚐起來	動詞	taste	taste	taste	Jearry taste the bread.
			✓	tea	茶	名詞	tea	tea	tea	This is my favorite tea.
		✓	✗	thirsty	口渴的	形容詞	thirsty	thirsty	thirsty	My dog look thirsty.
			✓	water	水	名詞	water	water	water	I forgot to water the plants.
			✓	watermelon	西瓜	名詞	watermelon	watermelon	watermelon	Watermelon is yummy.
			✓	yummy	好吃的	形容詞	yummy	yummy	yummy	The strawberry is yummy.

(+1) 1/31

11

4	3	2	1	食物/飲料			Write 1	Write 2	Write 3	Make a sentence
			✓	pizza	披薩	名詞	pizza	pizza	pizza	I aet a pizza on Saturday
			✓	pork	豬肉	名詞	pork	pork	pork	I ate pork today.
			✓	pumpkin	南瓜	名詞	pumpkin	pumpkin	pumpkin	I cut off a pies of pumpkin
			✓	rice	米飯	名詞	rice	rice	rice	Would you like frie rice
			✓	salad	沙拉	名詞	Salad	Salad	Salad	Danny telkk me how too mayke salad
			✓	sandwich	三明治	名詞	sandwich	sandwch	sandwich	I chos wan sandwich
			✓	soup	湯	名詞	Soup	Soup	Soup	I cooked soup foor dinnr
			✓	strawberry	草莓	名詞	Strawberr	strawberr	Strawberr	I put strawberry and choe aclae cake tonith
			✓	sweet	甜的	形容詞	sweet	sweet	sweet	I like to eat sweet candy
			✓	taste	嚐起來	動詞	taste	taste	taste	I taste the cookey
			✓	tea	茶	名詞	tea	tea	tea	Bettyhes tea every afternoon
		✓	✗	thirsty	口渴的	形容詞	thirsty	thirsty	thirsty	I am thirst
			✓	water	水	名詞	Water	Water	Water	I drink some water
			✓	watermelon	西瓜	名詞	Watermen	watermelon	watermelon	the watermelon isyumme
			✓	yummy	好吃的	形容詞	yummy	yummy	yummy	The cookiee is yumme

(+1)   (+1)

11

小學英檢 GEPT 拼音認證

《遠東圖解英漢辭典》

作者：遠東圖書公司編審委員會

出版社：遠東圖書

《兒童美語圖解字典》

作者：Robert Kennedy Carte

出版社：閣林文創

此為懷特家當年使用的舊版本，新版請自行到各大網路書店查詢詳細資料。

2. 抄寫課文法

使用 教材 | LiveABC 我的英語閱讀花園——世界文學、西洋故事精選系列

有時候懷特也會要求孩子抄寫 LiveABC 故事書的課文，用意要訓練英語四大能力：聽力、口說、文法、寫作中的文法與寫作。這最後兩個環節，除了練習寫字外，主要是要孩子在抄寫過程中，能夠更仔細的體會課文的內容與文法句型的呈現方式，更是為高中的寫作超前部屬，而且其實抄寫過程就是間接在記憶單字與認識句型了。

《我的英語閱讀花園》

作者：LiveABC 互動英語教學集團
出版社：希伯崙

此為懷特家當年使用的舊版本，新版請自行到各大網路書店查詢詳細資料。

懷特小語

再次強調除了靜態抄寫，動態朗讀故事書也是很重要的功課喔，請掃描 QR CODE 觀看，弟弟在很小時朗讀 LiveABC 故事書。

https://is.gd/dT0tvw

3. 英文打字法

使用
教材 ｜ Live-ABC 英語故事袋、FUN 學美國各學科讀本⋯⋯等

　　英打文章跟抄寫文章一樣，具有學習文法跟寫作基礎訓練的功能。在做這個英文打字訓練之前，懷特已教會教孩子英文打字的本領，我會給孩子指定某篇 LIVE-ABC 英語故事袋的故事或是 FUN 學美國各學科讀本的文章，要孩子用英打把故事或文章打完，其實在打字的過程，也是間接在記憶單字與句型了，另外，會英文打字的好處非常多後續會有介紹，請繼續閱讀下去。

https://is.gd/tVRGME

https://is.gd/uF5b0p

懷特小語

　　FUN 學美國各學科讀本這套書是必讀的知識性讀本，懷特強力推薦。

4. Quizlet 工具背單字

　　Quizlet 是一款免費且介面簡潔的線上軟體，Quizlet 利用單字卡來協助你背單字，可以透過各種遊戲和測試來學習，線上有無以數計的學習集，App 版與網頁版都很好用，推薦給家長來使用，最後懷特提醒使用這個軟體，孩子要先學會英打比較能夠勝任 Quizlet 的各項測驗功能與遊戲。

提供弟弟當年的使用影片給大家參考，此時弟弟已經學好英打了。　https://is.gd/2QfOLs

5. 類字根字首單字學習法

使用教材	《Magic 1200》，出版社：凱撒琳股份有限公司
操作方式	按照書本的章節順序，跟著 mp3 音檔朗讀，與練習即可。

　　懷特跟孩子在共讀幾年後，有利用過 Magic 1200 這套書籍來快速增強發音、拼字、字彙記憶及應用，效果很好。在使用這本書之前要有自然發音的基礎，Magic 1200 是利用自然發音常見字的拼音規則來建立，也有常見的 sight word，書中有簡潔清晰的拼字觀念，並以圖文關聯式學習法建立了約 1200 個基礎必備字彙，Magic 1200 內容豐富主題多樣，練習方式包括聽聲辨識發音、相似字辨識、拼字、聽寫，操作過程也算是在複習自然發音。懷特介紹的書籍都是我們實際操作過的書籍，而我確實認為是真的能透過聲音的辨認來有效提升孩子的發音、聽力、拼字及用字的能力。

　　最後再強調，目前為止在家的學習，懷特沒有特別要求孩子背單字，懷特還是強調認單字的能力更多更廣為優先，至於拼單字、背單字、造句這件事情，我想等到學校老師有要求時，有了聲音跟閱讀打下的基礎，應該對孩子來說是件輕而易舉的事情。

　　當時我也對單字該不該背感到疑惑，專業的英文老師指出不用擔心，因為台灣的英文老師一定會要求學生背單字的。

　　懷特不讓孩子刻意背單字、文法、句型，是希望讓他們從閱讀、對話中學習，看多了、聽多了就可以培養語感，以自然習慣使用的方法為優先！希望他們打好辛苦的基礎功夫後，能夠快樂的學英文，把英文當是個能與他人溝通、吸收更多知識，並與世界接軌的工具，而不是只把英文當做是一門學科，應付考試而已。

QUESTION

13 家長無法判斷孩子造句對錯，怎麼辦呢？

答：懷特在想一定有家長跟懷特當年一樣，若是孩子造句我無法判斷，要如何做呢？其實當時孩子的能力大概只會造出英文 5 大句型裡最常見的 2 個句型：（1）主詞 + 動詞 + 主詞補語（S+V+C），（2）主詞 + 動詞 + 受詞（S+V+O）。懷特介紹一個線上免費軟體功能為「英文文法錯誤的檢查」與「單字拼字錯誤檢查」，並給予正確答案的建議輔助工具「Grammarly」，懷特都用免付費版本就夠用了，非常實用的工具。安裝步驟如下：

1 在 Google 搜尋列輸入：chrome 線上應用程式商店
搜尋欄位上輸入 grammarly，點選 grammarly 進入下一個畫面

2 點選右邊，加到 Chrome 按鈕，進入下面畫面按【新增擴充功能】

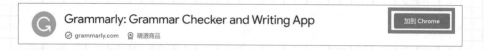

3 點選右邊，加到 Chrome 按鈕，進入下面畫面按【新增擴充功能】

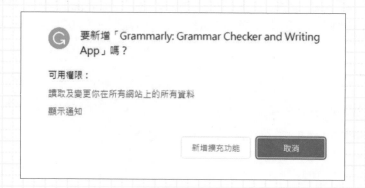

4 並開啟 Google 翻譯，進入下面畫面

5 按下右邊，No,THANKS，並故意輸入錯誤句子，如下所示：

6 將滑鼠分別移至紅色底線下方，按下綠色正確的字取代。

7 按下右邊，No,THANKS，並故意輸入錯誤句子，如下所示：

▎練就一身好武功的「英文聽打練習」 ——————

要讓孩子超前加速學習，最好的時間就是寒暑假，在寒暑假的時候，孩子有完整的空白時間，懷特就利用這一段時間訓練孩子學會英文打字，爲孩子做未來必備能力超前佈署的工作，也把這項能利用在英文的學習。

我想您一定會覺得孩子連注音都不太會打，爲什麼要學英打呢？在未來的資訊時代，電腦是不可或缺的工具，孩子從國小就開始上電腦課，也在各種課程中做報告，從英打再過渡到中文的輸入法是很有幫助的。

1. 英文打字的好處

在未來職場上有正確的英文打字能力與速度是會提高工作效率的，例如：使用到寫程式、英文書信、文章、報告及線上文字交談……等，英打可以說是未來孩子必備的技能。

2. 英打學習網站推薦

---

10 個英打免費學習網站
這篇文章介紹 10 個免費的英文打字學習及練習網站。

https://is.gd/GqgFg7

10fastfinger 線上工具網站

提供：
1. 每分鐘英打速度　　2. 有糾錯功能
3. 記錄正確率　　　　4. 免安裝任何軟體
5. 線上 PK 戰……

https://10fastfingers.com/

Lyrics training

這是線上聽歌學英文的網站，邊聽歌，邊練習輸入歌詞。目前也有 APP。

https://reurl.cc/9V2WAO

Google 或 YouTube

搜尋關鍵字「英打」

3. 英打注意事項

　　學習英打，手指與按鍵的對應非常重要，一定要學正確指法，剛開始很慢很慢地看鍵盤練習先熟悉位置，慢慢地邊看邊打，但要進入到孩子完全不用看鍵盤的時候，中間會有一段掙扎的過程，也就是說孩子還是會忍不住會想要去看一下鍵盤，這時候你就必須要強力要求孩子，只能看著螢幕不可以偷看鍵盤，然後移動手指去嘗試錯誤與修正，大概持續一週，每天練習 15 ～ 20 分鐘，孩子就會渡過這個階段，可以正式完全學會，不看字母的鍵盤位置就可以輕鬆的在螢幕上打出每 1 個英文字。

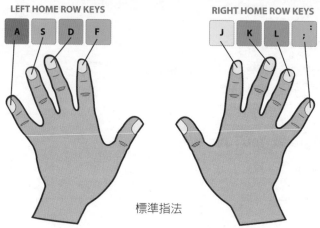

LEFT HOME ROW KEYS

RIGHT HOME ROW KEYS

標準指法

請掃描 QR Code 觀看實際操作影片。真的練到無需看螢幕喔。

https://is.gd/xrL87U

接下來可以利用上面介紹的「10fastfinger」網站，直接在首頁練習打字。

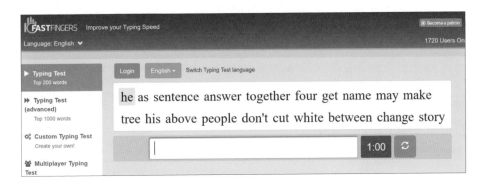

或是較具娛樂性質的網站「Lyrics training」，在搜尋列輸入自己喜歡的歌曲，再選等級從 Beginner 到 Expert，接著邊聽歌邊練習英打，懷特安排這兩個網站與 Live ABC 的故事書，輪流給孩子練習打字。

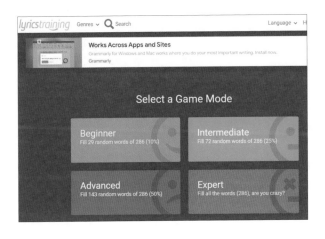

請掃描 QR Code 觀看兩個孩子自彈自唱練習布魯諾火星人的成名歌曲。

https://is.gd/PVtVY8

英文聽打練習是一魚三吃，是練就一身好武功的心法，底下提供懷特的一魚三吃操作過程，在學會快速英打之後，懷特會在 YouTube 頻道上，找出基礎英語會話的影片，這種影片每一句話每次會重複唸 3 遍，懷特給孩子一人一台（退役的）電腦，懷特則用平板播放這個影片，孩子邊聽邊打出聽到的句子，既可練習英打，也在無形中練習拼單字，額外的收穫還有練習會話聽力的輸入，真的是一魚三吃，好處多多，強力推薦給家長使用的學習方式。

當年懷特家兩個孩子操作的過程影片 —— 一魚三吃的英打練習。

https://is.gd/duhl7c

如何幫孩子選書

一般比較專業的術語叫做分級閱讀，但是我前面有說過，我覺得只有家長最了解自己的孩子，「當你追不上孩的速度，至少你要知道孩子的程度」。我這句話的意思是說，如果你沒跟上孩子的閱讀進度，至少你要了解一下孩子已經是到達什麼樣等級的閱讀能力了，因為這樣你才能夠為他鋪陳下一步怎麼繼續往前走下去，怎麼挑選更合適孩子的書。閱讀是樂趣，目的不是為了考試，所以關鍵重點為「盡量跟孩子討論挑選孩子喜歡的主題」，引起孩子的興趣才能達到事半功倍的效果。

我挑書的心法分享如下：

1. 「同等級的讀本，要足夠廣泛」，同等閱讀量夠了，再進級。

2. 盡量挑有 mp3 音檔的。

3. 盡量選有 LitPro 認證的。

4. 下一套書的難易度要能增加約 10% ～ 15%。（這是最難拿捏的部
   分了）

5. 孩子喜歡的主題優先，故事性優先，目前階段知識性讀本次要。

6. 參考每套孩子看完的書末，都有推薦相關系列的優先購買，因為
故事或許有連結，可能是同一個作者或程度相當的讀本，是很好的接續
閱讀的讀本，這個購買方法是懷特認為做省時省力的。

挑選有 mp3 音檔的讀本才可讓閱讀聽力並進，有 LitPro 可以認證的
才能幫助家長了解孩子程度，下一套書的難易度，只能比前一套書的難
易度增加約 10% ～ 15%，循序漸進，慢慢累積實力，不可貿然一次大跳
級，不然很可能失敗，要再重選一套書籍。

懷特是沒有完全參考 LitPro 認證後提供的 Lexile® measure （藍思
分數）值來挑書，若是家長沒有把握挑書，也可以參考這些 Lexile®
measure （藍思分數）值來挑書，但有時候同一套書的 Lexile® measure
值，最高與最低差異蠻大的，家長須注意一下，例如：Harry Potter 的
Lexile® measure 是 500L ～ 950L，另外，有些購書管道是會特別提供
Lexile® measure 值給讀者參考的。若沒有提供 Lexile® measure 值的讀本，
要如何知道該讀本的 Lexile® measure 呢？

懷特提供底下兩個簡單的方法：

方法一：直接在 Google 上直接輸入書名 + Lexile ，就會有很多網站
　　　　提供資訊。

方法二：直接到 Kids Book Series 網站，在右側搜尋欄直接輸入書名，
　　　　按下搜尋鈕，即可獲得讀本的相關資訊。

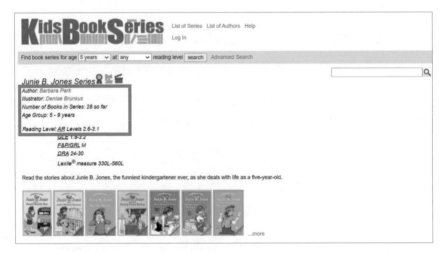

https://is.gd/KcfSsK

方法三：請到底下網址，輸入欲查詢書名即可
　　　　顯示。

https://is.gd/gHL2DP

PS：未必每本書都查得到 Lexile® measure

　　請大家跟我一樣，可以好好利用網路上書店的分級功能（前面已介紹過）去尋找適當的書籍，再提供一個我的購書管道：

「英文繪本共讀網」臉書粉絲團

　　專售美國 scholastic 出版的書籍，有故事書，有各式的教學專用的教材……等，共讀網創辦人侯老師很和藹可親，超佛心、超用心、超熱血，會不定期分享很多孩子的英語學習成果，不定期舉辦分享會（懷特也曾獲邀至社團分享），或讀本執行的Q&A問答，是個很受惠的粉絲團。

　　懷特在這裡要特別感謝侯老師引進「Scholastic Learning Zone 線上英語能力閱讀檢測系統」，這套系統讓很多家長更能掌握孩子在進入高階小說閱讀時的閱讀能力與方向，有興趣使用 LitPro 認證系統或是購書可以跟侯老師聯絡喔。

懷特小語

若您想利用 Lexile 藍思分級，來幫孩子挑選讀本，以下提供懷特個人整理的資料表格，以美國學制為主，數值僅供參考未必絕對喔！

台灣與美國學制 Lexlie 藍思分級閱讀範圍比較表				
美國 Grade Level		Lexlie 藍思值閱讀範圍	台灣年級	
國小	K-1	25-325L	學齡前 - 一	國小
	2	350-525L	二	
	3	550-675L	三	
	4	700-775L	四	
	5	800-875L	五	
國中	6	900-950L	六	
	7	975-1025L	一	國中
	8	1050-1075L	二	
高中	9	1100-1125L	三	
	10	1150-1175L	一	高中
	11	1200-1225L	二	
	12	1250-1300L	三	

Lexile 藍思程度分級與雅思閱讀成績、托福閱讀成績……，也都有分數轉換對照表可參考，有興趣的讀者請自行上網搜尋資料喔！

大家
都想問的
Q & A

14 請問你們都選擇什麼時段陪小孩學英文？

在孩子上國中前，從幼稚園開始懷特是用以下的方式來建立孩子的閱讀習慣，我們上班上學回到家之後，每天都會有固定時間一起共讀。跟大家分享共讀的最佳時刻：

1. 在孩子吃完飯洗完澡之後是效果最好的時刻！我們三人會在沙發就位，此時孩子神清氣爽！陪著他們，看繪本、聽繪本、朗讀繪本、聽初級讀本……等，共讀時間長度不一，有時 15 分鐘，有時 20 分鐘。隨著孩子當天狀況與年齡調整，共讀教材也是跟著時間前進一直在換，「教材」與「時間」這兩個部分，我想每家孩子狀況不一，只能父母自己衡量了，關鍵就是每天都要在「規律」的時間就位閱讀，藉由此方式養成對閱讀習慣。

2. 我們也會有晨讀時間，要求孩子早睡早起，在吃早餐前會自己翻書或聽故事書約 20 分鐘，無論是晚上或是早上都是挑選孩子精神最舒服的時刻。

3. 利用假日或寒暑假提高陪讀的次數。

「家長的執行力，就是孩子成功養成閱讀的幕後推手。」我遇過很多不是孩子自己半途而廢，通常都是家長自己本身耐心、續航力不夠的情形，為了您的孩子，加油，催洛氣。

這兩張照片是兩個孩子每天的晨讀時光，爸爸媽媽準備早餐的同時，他們兩位早已沙發就位，開始享受晨讀的閱讀時光，一早起床就沉浸在精彩的故事裡，別小看每天短短的 20 ～ 30 分鐘晨讀，積少成多，也是奠定英文能力的基石的關鍵之一。

大師鼓勵語錄

美國成功哲學大師 Jim Rohn：

Motivation is what gets you started. Habit is what keeps you going.

動機是讓你開始的動力。習慣是使你保持前進的動力。

15 陪讀時遇到不懂的地方怎麼辦？

　　家長會擔心陪伴孩子閱讀英文時，出現自己不會的地方，怎麼辦？通常一開始較簡單的啓蒙繪本讀本，家長陪讀不太會有問題，因為文字與圖片都是互相搭配的。大概在開始進入初級讀本後，可能家長就會開始遇到不懂的單字意思或是不理解整句意思，這時候建議有兩種方式解決：

　　其一就是你可以事先準備，查好單字，或是當下遇到單字不懂時，順便示範給孩子看怎麼查單字，例如：可以透過手機安裝 App，網路奇摩字典，google 翻譯，劍橋字典……等，目前 google 線上翻譯也是可以輸入整句英文來翻譯意思了。

　　其二，就是先與孩子一起討論不懂的故事內容，聽聽孩子的觀點，或是可以試著帶著孩子一起繼續讀下去來獲得更多信息。例如：從故事書中的繪畫圖片，或是翻閱前後文去判斷推論故事，嘗試與孩子一起從中找到單字或句子可能的意思，之後在一起查閱，確定答案。在這樣的尋找答案過程中，同時也是家長最佳的「機會教育」示範，孩子會有樣學樣也會在無形中學習到在遇到困難時，如何解決問題。

第二個方法是懷特最常用也最喜歡的方法，也正好訓練未來國中會考閱讀素養題的答題技巧，雖然耗時，但是過程中的收穫才是不可多得的寶藏，這是學不來也說不懂的，只有親身帶著孩子去體驗才能學的會。現在孩子挫折忍受度低，遇到問題往往只想逃避，懷特想是不是在成長過程中，這樣尋求問題解答的過程太少呢？逐步的帶著孩子學會面對挫折、面對困難，知道解決的方法，知道父母是他們最大的後盾，會陪著他們一起面對，我想充滿愛和能力的孩子，一定可以勇敢面對各種挑戰的。

　　但是，別忘了「理解故事內容，才是閱讀過程真正的核心意義」，翻查不懂的單字並不是懷特的重點，因為真正的線索不在這些單字裡，而是整個句子或是讀本的圖畫中。通常故事性的書籍，一個單字或是即使一句話不懂直接跳過去是不影響整個故事內容的，所以有時候懷特會選擇直接忽略，不在此糾結，持續看下去才是重點。當你的孩子沈浸享受在故事中的時候，或許他不需要任何的幫助，自己就可以推敲出單字的意思，這時你一定會去翻字典，然後大吃一驚的問孩子，「你怎麼知道它是這個意思啊？」這就是不可言語的「閱讀的力量」。

第三階段：享受閱讀的樂趣與成果

　　想要讓孩子「喜歡閱讀，愛上閱讀」，讓它成爲一個安靜和溫馨的時光，最簡單的方式就是要讓孩子在整個閱讀過程中「放鬆身心」。在閱讀過程中放鬆的最簡單方法之一，就是讓孩子選擇自己家中最舒服的地點來閱讀，例如：可以在書房的地板上、客廳的沙發、床上……。懷特家去戶外 outdoors 露營時，孩子也會自己帶著厚厚的一本小說一個人在樹底下靜靜的看著，彷彿自己就是倘佯在故事的世界裡的主角。

　　在不同的階段幫孩子挑選書籍是閱讀過程中最困難也是最關鍵的一部分。出自於對孩子的愛，家長們通常會想自己動手挑書給孩子閱讀，這是無可厚非的，懷特也是會挑到孩子根本沒興趣的書，幾次之後，懷特就知道只要孩子當下感到沒興趣或是無法快速閱讀下去的書本，我們就先擱著，趕快換另一套書接手了，不再浪費時間，畢竟進入橋梁書的閱讀講求的是享受與效率。

　　幾次下來懷特悟到對挑書做出了改變，大人認爲好的書，孩子未必能夠眞正地體會閱讀的樂趣，只有讓孩子自己參予選擇讀什麼，才能培養出強大並自信的讀者。在進入橋梁書這個階段懷特會讓孩子自己在各大購書網站挑選自己喜歡的書籍，而此時家長也該放鬆心情，和孩子一起享受閱讀的時光之旅！

> 希望孩子享受閱讀，先從孩子會著迷的書開始。
> 年紀不同，笑點不同！
> 「幽默感、好奇心、想像力」
> 就是吸引孩子學習語言的三大重要指標！

在經過第二階段的過程之後，孩子已經建構完成獨立閱讀的習慣與能力了，我們真的無縫接軌進入到初階的橋梁書，此時孩子已經可以開始享受閱讀的樂趣了。除了在 92 頁開始介紹的兩套初階橋梁書，《Junie B. Jones》與《My Weird School》第一季之外，接下來懷特要繼續介紹更多兩位孩子喜歡推薦的好書。

▌初階橋梁書

《Nate the Great》

作者：Sharmat, Marjorie Weinman/ Simont, Marc (ILT)
出版社：Yearling Books
年齡層：6- 9 years
Lexile® measure 260L-570L

Nate the great The Case of the Fleeing Fang- YouTube
https://is.gd/1vTooL

> Lexile® measure 值，僅供參考未必絕對喔！

　　兒童版的偵探福爾摩斯《Nate The Great》，共 29 本，每本書都是描述一個獨立案件的完成過程，推理解謎的偵探故事通常都很吸引孩子，套書內文有搭配大量的插圖較易理解相當合剛進入基礎橋梁書程度的孩子，而且孩子都很有「好奇心」想要解決故事中的謎團，甚至在閱讀的同時心中也暗自跟著推測，不知不覺一頁一頁一直看下去，直到謎團被解開。

　　另外，這個系列有很多可愛的角色，包括寵物。每本書都有幽默的交流和重要的案例由 Nate 解決。書末的一些活動系列中有很好的教學機會，教孩子們科學、烹飪等知識。謎題是讓孩子們沉迷於閱讀的好方法，肯定會受到男孩、女孩和他們的成年人的喜愛。這套書也可以搭配音檔來享受故事，YouTube 上有整套的音檔，掃描 QR Code 聽聽故事吧！

《The Boxcar Children Mysteries》系列

作者：Gertrude Chandler Warner

出版社：Albert Whitman & Company

年齡層：6- 11 years

Lexile® measure 430L-800L

　　《The Boxcar Children Mysteries》是暢銷 60 年的美國經典經典童書，故事都是基礎高頻的單詞與句子編寫，幾乎都是中小學必備的詞語，易讀易懂，讓孩子讀起故事毫無壓力，更具有閱讀的信心。

　　The Boxcar Children 故事講述主角四個孤兒的浪故事，閱讀這套書及可以感受到這四個孤兒面對困苦生活的勇氣、智慧和良善的力量，他們在驚險刺激的冒險中體驗生活，在曲折離奇的經歷中學習成長茁壯。

　　Henry 亨利、Jessie 傑西、Violet 維莉、Benny 班尼四兄妹在父母過世後成為孤兒，他們知道自己有一個爺爺住在 Green field 綠野鎮，但他們覺得爺爺應該不喜歡他們，因為爺爺不喜歡他們的媽媽，所以從來沒來看過他們。為了躲避爺爺的尋找，他們決定同心一起生活，離開家到處流浪躲藏，他們在廢棄的垃圾堆尋寶，撿拾還有價值的東西，最後在森林中把一輛廢棄破舊的火車廂變成了他們的家，在樹林裡安頓下來後，他們也收留一隻可愛的小狗 Watch，開始相依為命的生活。他們樂觀堅強，彼此相互幫助不懼生活的挫折，勇敢的活下去。不久之後他們開始了在森林裡一起尋找生活的樂趣，他們更愛上了到處探險……想知道後來他們的爺爺有找到他們嗎？想要知道後面更多他們探險解謎的故事嗎？這套書會是一套孩子入門的最佳選擇之一。

　　這套書懷特家當時只購買 30 本，同時也有搭配故事 mp3，來輔助學習跟閱讀。

《My Weird School》全系列

出版社： HarperCollins

❶ My Weird School（Lexile® measure 540L-700L）

❷ My Weird School Daze（Lexile® measure 470L-640L）

❸ My Weirder School（Lexile® measure 510L-650L）

❹ My Weirdest School（Lexile® measure 500L-620L）

❺ My Weird School Special（Lexile® measure 490L-560L）

❻ My Weird School Fast Facts（Lexile® measure 710L-770L）

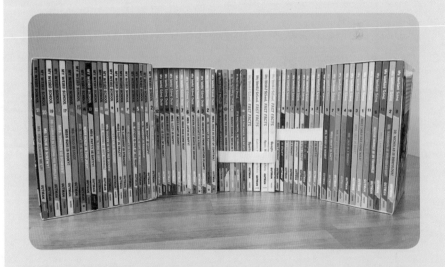

　　這一系列是孩子在初階橋梁書的最愛，每天除了閱讀之外，也會搭配 mp3 來聽故事，底下懷特簡單介紹，更詳細系的介紹與試讀請自行參考各大書局網站！

❶ 故事男主角二年級的調皮 A.J. 是個想像力非常豐富的小男孩，他的生活總是充滿樂趣。

❷A.J. 和他來自 Ella Mentry 學校的朋友們讀完二年級了！但在一個滑稽的畢業典禮、一個古怪的夏天和一個古怪的三年級老師之間，奇怪的事情才剛剛開始。

❸ 事情變得更奇怪了！從一個在口袋裡放蛇的動物園管理員到一個製造時間機器的歷史老師，A.J. 和來 Ella Mentry 學校的夥伴們經歷了一些奇怪而古怪的冒險。

❹Ella Mentry 學校是最奇怪的！從每天扮成超級英雄來學校的科學老師到乘坐熱氣球旅行的氣象學家，A.J. 和他的伙伴們經歷了一些奇怪而滑稽的冒險。

❺ 看 A.J. 和他的死黨們在情人節、復活節、萬聖節、聖誕節冒險搞笑，無俚頭的惡作劇。

❻ 這套書以幽默有趣的方式講述科普知識的書，並配以大量的照片和插圖輔助孩子理解動物、地理、運動、太空知識⋯⋯等。

另外，男主角 A.J. 在書中對不同的事物所產生的個人獨特「幽默感」，有時用雙關語、有時帶點諷刺或誇飾的言語，都會開始讓孩子對於語言有初步接觸和理解。當孩子閱讀時遇到上述這些幽默語言，出現笑呵呵的情況，其實就是孩子在享受閱讀的時光，請勿制止孩子喔。

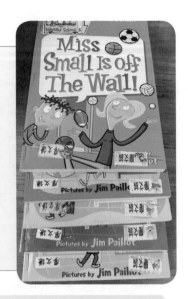

> **懷特小語**
>
> 提供閱讀小技巧，當孩子閱讀完成，或認證完成，懷特就會貼上姓名貼（正向），這個小技巧除了作完成紀錄也給孩子很大的鼓勵，若是 LitPro 沒這套書不能認證或是 LitPro 認證沒過，就貼反向。《My Weird School》這套書當時 LitPro 無法認證，所以孩子姓名貼都是反向。

《Magic Tree House》（神奇樹屋）

出版社：Random House Books for Young Readers

年齡層：6- 10 years

Lexile® measure 380L-590L

《Magic Tree House》神奇樹屋故事內容充滿無限想像奇幻的冒險故事，讓孩子身歷其境、欲罷不能，一下子就抓住孩子的「好奇心」，主角傑克與安妮兩兄妹在住家附近森林中發現一間充滿書籍且具有魔法的神奇樹屋，翻閱樹屋裏頭的書，樹屋就可以帶著他們穿梭古今時空，遨遊世界冒險旅行，每一次的冒險都相當精采刺激。

　　讀本的文字淺顯易懂，對話簡單口語化，都是高頻率的詞彙居多，非常適合剛開始閱讀章節書的讀者，也是非常好的口說練習讀本，藉由故事進入英語的情境，來增進英文實力，搭配 mp3 音檔聽讀故事更具深入其境的效果。神奇樹屋這個系列在國內也有中英的雙語讀本，是很多中小學教師指定的課外補充讀本。走筆至此，回想起當年懷特與兩位孩子，一起聽這套 mp3，一起跟著故事主角穿梭時空旅行的情境中，確實是一段很溫馨的時光。

《A to Z Mysteries》（A to Z 神秘事件）

作者：Ron Roy

出版社：Random House Books for Young Readers

年齡層：6- 9 years

Lexile® measure 490L-660L

　　繼《Nate the Great》之後的另一套偵探小說美國暢銷的兒童偵探小說《A to Z Mysteries》，共 26 本，書名依字母順序自第 1 本 Absent Author 到第 26 本 Zombie Zone，A ～ Z 所編成的故事，故事均發生在主角 Dink, Josh 和 Ruth Rose 周圍，有冒險情節，也有懸疑的劇情。

　　故事雖然懸疑冒險緊張，但是卻不會讓小孩子感到害怕或是過於恐怖暴力，大部分的小朋友都很喜歡看偵探類的故事，因為這類書跟孩子的「好奇心」最 mach 了，利用解開謎底的方式吸引孩子閱讀，很容易幫孩子建立起閱讀興趣。書中的用字遣詞淺顯易懂、情節緊湊，對話相當口語，幽默有趣，很適合初級的橋梁書閱讀者，另外建議搭配 mp3 音檔，融入故事情節，邊讀邊聽，效果更好，因為邊聽邊讀，音檔會強力拉著孩子一直前進！

請掃描 QR Code 觀看，兩個孩子朗讀 A to Z Mysteries 故事書，孩子確實是很樂在其中的。朗讀的操作隨時想到就可以請孩子來朗讀個幾分鐘的！

https://is.gd/YPCUXr　　https://is.gd/6GN9CN

《Calendar Mysteries》（日曆之謎）

作者：Ron Roy

出版社：Scholastic

年齡層：6- 9 years

Lexile® measure 550L-650L

懷特家是先看《A to Z Mysteries》，然後再看《Calendar Mysteries》，這套書中的主角是《A to Z Mysteries》的 Dink, Josh 和 Ruth Rose 的弟弟妹妹們 Bradley, Brian, Nate 和 Lucy，他們從小跟著哥哥姐姐耳濡目染也都是小小偵探！書名依月份名稱順

序，第 1 本《January Joker》到第 12 本《December Dog》，每一個月份都有一個懸疑故事的主題，除了小小讀者最愛的解謎團故事外，這套故事系列中，也結合了各個月分裏頭的相關的節日與慶典，例如情人節、美國獨立日、萬聖節、感恩節，孩子在閱讀的同時，也能認識這個世界超級強國「美國」的文化與人文特色，也是一套值得閱讀的優質的故事書。和孩子來一起閱讀冒險解開謎團吧！

《Geronimo Stilton》（老鼠記者──男版）

出版社：Scholastic
年齡層：7- 10 years
Lexile® measure 410L-810L

妙趣橫生的《Geronimo Stilton》老鼠記者系列與著名的《哈利波特》在全世界都已超過 1 億冊的銷售天文數字，可想而知是超級受兒童歡迎的小說。這套書是非常用心又幽默的橋梁書，懷特當初挑選時，喜歡內文是彩色的，有生動的插

圖，醒目的特殊字體設計，相當的活潑，圖片與文字的美學在這本書做了很好的詮釋，雖然算是很大套的書籍，但故事充滿「幽默感、好奇心、想像力」絕對適合孩子。這套書也是要搭配 mp3 音檔來閱讀，這套書音檔的朗讀比較緊湊，剛開始孩子可能需要適應一下聽故事的速度。

故事主角 Geronimo Stilton 是報社記者兼老闆。因為工作的緣故，他經常到世界各地旅行探險，每一次旅行，都是有趣的冒險故事，情節曲折、爆笑不斷、無厘頭、懸疑驚險又刺激！但是他總能在關鍵時刻，發揮他的敏銳觀察力，順利推理解謎化解難關。另外，孩子在書裡可以跟著 Geronimo Stilton 一起天馬行空的環遊世界，看到許多特殊的風俗民情、包括遊歷金字塔，深入熱帶雨林、冰川、造訪古堡、博物館⋯⋯等，從書中學到各地的多元文化與知識！。另外，「幽默感」和「想像力」，是很難教授和培養的。但在透過閱讀優質的讀本是可以滿足幻想的創造力，透過閱讀是培養孩子的幽默感和想像力！

讀完《Geronimo Stilton》系列之後，可以接著看《Thea Stilton》（老鼠記者——女版），主角 Thea 是 Geronimo 的妹妹，也是相當精彩的故事內容。

《Thea Stilton》
（老鼠記者－女版）

出版社：Scholastic
年齡層：7- 10 years
Lexile® measure 570L-780L

《Captain Underpants》 （內褲超人）

作者：Pilkey, Dav
出版社：Scholastic
年齡層：7- 12 years
Lexile® measure 640L-890L

　　這套書曾被評為「年度最有趣、最好笑的書」，懷特想光看書的封面應該就知道是一套無厘頭又很爆笑的書了！故事內容描述兩個兩個調皮搗蛋的四年級男孩 George 和 Harold，他們到處闖禍、惡作劇，也常鬧出無厘頭的笑話，讓大人們很傷腦筋，但就是這些搞笑惡作劇行為豐富了他們內心世界的想像力，讓他們在自創漫畫書的世界裡，創造了《內褲超人》。

　　話說，有一天他們意外催眠了平時嚴肅古板的校長，校長居然變成為了他們漫畫中只穿內褲和紅色披風懲奸除惡的大英雄「內褲超人」。在 George 和 Harold 的筆下，他們的校長就是如此酷的英雄！這兩位平時在大家眼中的壞孩子卻是最富想像力的孩子，居然給全世界的孩子帶來了無限的快樂，像這樣能讓腦洞大開的故事很吸引孩子一本又一本的閱讀下去。

《Warriors》（貓戰士）

作者：Erin Hunter
出版社：HarperCollins
年齡層： 8- 14 years
Lexile® measure 790L-900L

　　貓戰士系列共有 5 部曲也算是一套大書，這系列全球銷售突破 3000 萬本，當時也登上紐約時報排行榜第一名。懷特家只看到第 4 部曲，孩子看了首部曲中主角冒險的精采故事之後，就要求懷特陸續買進，故事始於森林中的野貓，世世代代，四個野貓部落依照戰士祖先制定的法律共享森林。

　　但如今，雷族貓族（cats）危在旦夕，陰險的競爭對手暗影族貓族（Shadow Clan cats）一天比一天強大。其中有些高貴的貓戰士正在離奇地死去。就在在這場混亂中，未來的黑暗日子裡，雷族的命運將掌握在一個意想不到的情況，一隻名叫 Rusty 的年輕普通家貓 …… 它可能會成為雷族所有人中最勇敢的戰士，而 Rusty 將會遇到部落內外的夾攻，一起來看看這隻神奇的家貓如何成為野貓族的戰士與它如何化解危機的精采刺激故事吧。

2019年7月19日·

神奇的小三廖文誠弟弟，十天攻完貓戰士，而且在
LitPro 認證通過。

2019 / 07 / 19
弟弟小三暑假 10 天，完
成首部曲的閱讀與 LitPro
認證。

《TOM GATES》

作者：Liz Pichon
出版社：Candlewick Press
年齡層： 11- 12 years
Lexile® measure 570-670L

《TOM GATES》這個系列內容與小學和國中的孩子生活有關，風格和《Wimpy Kid》接近，但感覺上在俚語使用上更少更好更容易閱讀！這是懷特家弟弟 -Johnny 最喜愛的一套書之一，故事主角是一個喜愛畫畫且愛搗蛋作怪的小學生《TOM GATES》，只要隨手有紙筆他總是能天馬行空的畫出幽默的生活情境，他喜歡找姐姐 Delia 的麻煩，他有一個喜歡廉價假期的父親和一個愛管閒事碎碎唸的老師，在學校他不是最聰明的學生，經常出包讓父母傷腦筋，但腦筋靈活、總是有驚人之舉，他總是能將學校和家裡的平凡生活變得驚喜爆笑、精彩的一天！

　　Johnny 非常喜歡這套書，書中有趣的內容總是能引起他的共鳴，看到笑哈哈，Johnny 當時看完後還用英文拍攝影片介紹書籍。作者很有創意，內頁插圖畫風相當有趣，超搞笑的卡通繪圖，確實可以用來吸引不情願的讀者！它有千變萬化的字體設計它，以及到處都是很有創意的塗鴉來引起孩子的閱讀興趣。當你花個 10 分鐘內讀完 10 頁時，它會給你一種很好的滿足感，如果你也有露營，看到《TOM GATES》的露營經驗，你一定會喜歡這本書的。

　　My children enjoyed these books so much . Highly recommended.

https://is.gd/wae0Ul

請掃描 QR Code 觀看弟弟小五時介紹《TOM GATES》這套書籍,當時 Johnny、Danny 也跟著書本畫了幾張圖,左圖為弟弟所畫。

《Roald Dahl》(羅德・達爾)

作者:Roald Dahl

出版社:Viking Books for Young Readers

年齡層:7 years and up

Lexile measure:560 ～ 870L

羅德‧達爾和 J.K. 羅琳（哈利波特作者）是目前英國相當著名的作家，他們的作品總是具有吸引孩童的獨特魅力。Roald Dahl 共 16 冊是大家耳熟能詳的幽默大師羅德‧達爾的經典巨作，已經風靡全世界好幾十年了，故事內容構想奇特，總是有與現實不同的邏輯，劇情時而輕鬆時而緊湊新奇，有時幽默、有時荒誕，經常給人意想不到的故事情節。

　　另外，書中搭配有趣的插圖也是堪稱一絕，也增添了故事的精彩性，頗能吸引孩子的目光，真的是非常適合孩子閱讀的讀本。Roald Dahl 也有中文版，也有多部故事拍成電影，如《飛天巨桃》、《吹夢巨人》、《查理與巧克力工廠》、《女巫》……這些電影都是由 Roald Dahl 讀本改編拍攝的，家長可以搭配與孩子一起觀賞電影，增加閱讀的樂趣。懷特當年也陪同孩子看過幾部電影，另外再搭配 mp3 來完成這套讀本的，mp3 是很特別純濃厚的英式口音，可以順便練習一下不同的英文腔調。

　　懷特相信，羅德‧達爾的奇幻世界，能讓世界上最不愛閱讀的孩子，愛上閱讀。

更詳細內容請掃描 QR Code
參考「每日頭條」介紹

https://is.gd/S3hJuf

《Spy School》（間諜學校）

作者：Gibbs, Stuart
出版社：Simon & Schuster Books for Young Readers
年齡層：11-12 years and up
Lexile measure：730 ～ 850L

　　這套書是在懷特家兩位孩子心中共同排名第一名的讀本，
《Spy School》系列套書，有許多稍微進階的字詞，但內容真的
是好看到沒話說，第一本一直在鋪陳整套故事架構故事閱讀時
速度比較慢可能看不太懂，但後面劇情發展會越來越快，越來
越精彩。後面幾本更不用說了，速度很快、轉折很多、劇情也
都環環相扣，到最後全部都會吻合，中間情節也可以自行猜測，
感覺有點像電影「金牌特務」系列，同樣精彩絕倫，也是一套
必讀的小說。

故事主角 Ben Ripley 一個平凡的高中生，但 12 歲時就會說三種語言，且極具數學天分（數學等級 16）與電腦能力的學生，他雖有這些過人能力，但一樣會被霸凌、且默默無聞、沒人知道。直到有一天放學回到家裡看到一個男人穿著西裝打著領帶戴著墨鏡坐在他家裡，穿著很像特務間諜的男人 Alexander，Alexander 一見面就考他 98261×147 等於多少？Ben 無須思索立刻算出答案 14444367，Alexander 其實就是 CIA 的一位特務間諜，要招募 Ben 到中央情報局的間諜學院（Academy of Espionage），因為 Ben 常常在網路上 CIA 的官網玩遊戲，所以 CIA 早就注意到他了。這可說是 Ben 夢想成真的開始。Ben 立即收拾行李跟 Alexander 前往間諜學院，但一進到學校就遇到槍林彈雨的攻擊，Ben Ripley 差點命都沒了，結果這居然只是入學測試而已。

想知道 CIA 怎麼知道 Ben Ripley 就是間諜的奇才嗎？想知道 Ben Ripley 怎麼成為特務嗎？一起加入閱讀吧！

在閱讀的同時，我們也會一起觀看「金牌特務」系列電影，更能引起孩子的閱讀興趣。

《Michael Vey》（魔電聯盟）

作者： Richard Paul Evans
出版社：Simon Pulse
年齡層：12- 17 years
Lexile® measure 500L-620L

　　對於 Meridian High School 的每個人來說，14 歲的 Michael Vey 並沒有什麼特別之處，只是一個患有妥瑞氏症的孩子。但事實上，Michael 非常特別他天生就擁有電力。而原因就是因為艾爾根公司當初的實驗機器 MEI 出了問題，造成了大量嬰兒死亡。但活下來的 17 個嬰兒都帶有不同的電超能力，而愛爾根公司裡面的 Hatch 博士有著非常邪惡的思想，他想要重新製作 MEI 產生新一代的人類，而諷刺的是他自己就屬於普通人。他藉由掌控「老鷹」（Hatch 對他擁有的電力的孩子的稱呼）為所欲為並想

透過他們，來控制全世界。但這其中也有尚未被 Hatch 控制的孩子，
Michael 與 Taylor 都是帶有超能力的其中之一，而他們發現了 Hatch
的計畫，但也因此被 Hatch 發現且追殺，所以 Michael 創了一個反對
Hatch 博士的「魔電聯盟」，Michael 要怎麼阻止 Hatch 呢？

　　此書中最吸引人的不僅僅是超能力的酷炫，而是當中看到的現
實，並不是一切都能完美，要達到目標就必定得有所犧牲，當中蘊含
了許多人生哲理，劇情進展也非常快速，非常的引人入勝，其中讀者
更會為書中角色想出的機智計畫感到佩服。懷特家中文版也有看喔！

《The 39 Clues》（39 條線索）

出版社：Scholastic
年齡層：9- 12 years
Lexile® measure 550L-730L

　　《39 條線索》是一系列冒險小說，由 Rick Riordan、Gordon
Korman……等作家合作撰寫的一套書，懷特兩位孩子覺得這套書故
事有冒險、有推理、有思考，寫的十分精彩，也是一套值得一讀的
好書。The 39 Clues Series 的第一本 The Maze of Bones，是由 NYT 暢
銷書 Rick Riordan（《波西傑克森》作者）撰寫。

　　14 歲的艾米・卡希爾（Amy Cahill）和她 11 歲的弟弟丹（Dan）
發現，他們的家族卡希爾家族是世界上最強大的家族，但家族權力

的來源卻丟失了。因此他們必須開始一項危險的任務——尋找家族力量的來源，這些力量的來源以 39 條線索的形式隱藏在世界各地。他們的奶奶是卡希爾家族的最後一位族長，去世時給她的後代留下了一個不可能的決定，遺囑寫道：「你有一個選擇——一百萬美元或一個線索」，而隱藏在世界各地的 39 條線索將揭示這個家庭的秘密，但沒有人能夠將它們拼湊起來。

現在線索賽已經開始了，年輕的艾米和丹必須決定什麼是重要的：尋找線索或發現他們父母真正發生的事情。過程中 他們會有許多不同的競爭對手，有具策略性與生性狡猾的 Lucians，也有創意性與充滿藝術氣息的 Janus，又有肌肉發達的 Tomas，最後有聰明與有發明精神的 Ekaterina，都是一堆不同的專長，不同的優勢的家族成員，在最後誰會勝出呢？一起來閱讀找出關鍵吧！

《How to Train Your Dragon》（馴龍高手）

作者：Cressida Cowell
出版社：Little, Brown Books for Young Readers
年齡層：8- 11 years
Lexile® measure 910L-1070L

　　《馴龍高手》是英國著名童書作家 Cressida Cowell 所撰寫的，此系列書曾獲得國際童書界大獎，且在全球已售出超過 800 萬本。故事主角 Hiccup 是一位真正非凡的維京英雄，在整個維京王國被稱為 the Dragon Whisperer（龍語者）……但小時候的他並非如此，他還是個男孩的時代是個瘦弱安靜但深思熟

慮的小男生，他父親像是一位全身毛茸茸的強悍維京人酋長，但確不失對孩子與家庭付出與關心，故事敘述 Hiccup 如何與家人相處成長認知暴力不能解決一切並與各式各樣的龍族的互動最終成為最厲害的「馴龍高手」，故事一開始是由 Hiccup 捕捉一條龍與龍做朋友並訓練它且要避免自己不會被龍所傷，後來 Hiccup 找到很好的方法來訓練他的龍並成為英雄！書中的插畫看似很醜，但也是一種特別畫風，自己試畫看看可沒那麼簡單，一起來閱讀吧！不要錯過 HICCUP 的下一次冒險！

這一系列的書，美國夢工場電影製作公司，利用 3D 動畫製作成奇幻的動作喜劇動畫電影，很受孩子的喜愛，懷特跟孩子閱讀的同時，也一起觀看了電影，除了增添閱讀的動力，也增進了很棒的親子相處的好時光，目前在 Netflix 也有在播放。更詳細介紹，請參考國內各大網路書店。

有興趣的讀者可掃描 QR Code 或輸入短網址查看更多美國夢工場的動畫電影資訊。 https://is.gd/3AnJrd

高階橋梁書

接下來分享懷特家超厚「高階英文小說的引導與切入方法」，我們的第一套高階橋梁書就是家喻戶曉的哈利波特《Harry Potter》，兩位孩子近 2、3 年閱讀的橋梁書原文小說，已經把家裡堆得像書庫了，我再以哈利波特為例，懷特在第一章提到，「《哈利波特》是許多英文讀者會把它當做是一個閱讀的里程碑，但絕不是在閱讀的路上的終點，它是孩子閱讀過程的另一個攀向高峰再次飛揚的起點」。

為什麼《Harry Poter》，是另一個閱讀層次的起點呢？因為哈利波特挑戰成功，幾乎甚麼書都能挑戰看看了！請繼續看下去，我們是如何突破心理障礙跨過中階橋梁小說，進入難度較高的高階橋梁小哈利波特的過程。當中階讀本的閱讀量夠大，在「Scholastic Learning Zone 線上英語能力閱讀檢測系統」，每年也累積幾百萬字之後，在懷特感受到，孩子應該已經有能力了！本來都是看中級約二百多～三百多頁的橋梁書。

高階橋梁書可以享受閱讀兼享受電影，雙重樂趣！

2018年6月8日

小二誠誠也不想輸給哥哥，這本這麼厚的哈利波特第四集火杯的考驗，在 scholastic LitPRO 也認證通過了。

2018 / 06 / 08
小二弟弟，閱讀《哈利波特》後，在 LitPro 認證通過的紀錄。

　　為了讓孩子突破更上一層樓，懷特就去好市多買整套的哈利波特影片，剛開始我們看中文發音中文字幕，孩子很愛看，百看不厭，後來我故意說不給看，我跟孩子談條件，只能「英文發音＋中文字幕」，再過一段時間，我再說只能「英文發音＋英文字幕」，否則不准看，後來孩子說，爸爸：「你怎麼不早說，我們都可以啊！」我突然頓悟，This is the time.，我火速飆機車，殺到墊腳石，買了一整套哈利波特原文書，接下來我跟孩子說電影是人家拍出來的，雖然很精彩，但是如果你是自己看原文書，自己想像小說故事情節，感覺自己是導演，拍出自己心裡想像的故事會更加精采，孩子果真接受了，事情就這樣就水到渠成了。

　　其實我們真的別低估孩子的能力。不過老實說，操作過程心中充滿期待，但是又擔心這麼厚，會不會挑戰失敗，不過很順利孩子讀完書在「Scholastic Learning Zone 線上英語能力閱讀檢測系統」也都認證通過，

更是爲往後的高階小說閱讀注下一劑強心針。繼哈利波特挑戰成功之後，其他幾部電影《納尼亞傳奇》、《飢餓遊戲》、《馴龍高手》、《波西傑克森》……等，懷特都是先陪著孩子看電影吸引孩子、先激起孩子的興趣，應該說再給孩子鋪好前進的道路，就這樣挑戰幾套成功之後，就一路看下去了，眞的幾乎甚麼書都能試著挑戰閱讀了。

最後，進階讀本建議可以加入國外網站購買，選擇較爲多樣。因爲較厚的書籍，可能會因爲銷量較少之類的原因，我遇到好幾次在國內的書局訂了書，兩週後書局回復退刷。所以孩子後來較進階的讀本都在英國網路書局 Book depository 購買，無論幾本全球皆免運費，可惜在本書出版前收到書局關閉通知。所以若是國內各大書局買不到的書，懷特推薦可以到全球知名電商平台 Amazon 上購買，目前已有 Amazon台灣了，藏書也相當豐富喔！

請掃描 QR Code 觀看弟弟 Johnny 小二的時候，朗讀哈利波特的可愛模樣。

https://is.gd/CJhGxB

大師鼓勵語錄

美國成功哲學大師 Jim Rohn：
The problem with waiting until tomorrow is that
when it finally arrives, it is called today.
永遠不要等待明天！等到明天的問題是，
當明天到來的時候，它就被叫做「今天」了！

《The Chronicles of Narnia》（納尼亞傳奇）

作者：C. S. Lewis
出版社：HarperCollins
年齡層：6- 12 years
Lexile® Measure：790L- 970L

　　《納尼亞傳奇》這套風靡全世界的小說是由英國文學家
C.S. 路易斯所撰寫，此系列非常受到讀者歡迎，並與《魔戒》被
視為奇幻文學誕生的重要里程碑。C.S. 路易斯與《魔戒》系列的
作者托爾金，兩人是好朋友，喜歡一起討論文學，在一次聊天
中，他們約定好要各自寫出優質的奇幻故事給年輕人閱讀，之
後他們真的個別寫出舉世聞名的小說《魔戒》與《納尼亞傳奇》。

　　納尼亞傳奇是由四個英國小學生的故事開始，他們從家裡
的衣櫥的後面找到了通往納尼亞魔法國度的道路，一路開始冒

險共患難，並協助金獅阿斯蘭（Aslan, the golden lion）戰勝了詛咒土地永冬的白女巫。在整套系列書中，作者主要傳達自己心中的「善與惡」信念，整套系列書是充滿「希望、愛、勇氣與信心」的故事，這些信念是會傳達給閱讀中的孩子有所啓發的信念。這套書，有多冊被拍成電影，懷特在與孩子閱讀時，我們也同時觀看了電影。

《The Hunger Games》（飢餓遊戲）

作者：Suzanne Collins
出版社：Scholastic
年齡層：12 years and up
Lexile® measure 800L-820L

《飢餓遊戲》不僅有小說還有電影版本就可見此書多麼的受歡迎，電影更是無人不知無人不曉。故事敘述當時的統治者邪惡總統斯諾為了使各地區民眾不敢反抗對政府的不滿，創建了一個一年一度的生存遊戲，由十二個地區，每區須派一名男孩和一名女孩參加名為「飢餓遊戲」的年度電

視轉播活動，參賽者只有「殺或被殺」。最後活下來的那個人將獲得錢財與勝利者的頭銜，但在這美好的背後，將有 23 個參賽者在遊戲中死掉。而住在最貧困的第 12 區帕內姆（Panem）的凱特尼斯（Katniss Everdeen）常常因為家境貧困多領取額外的糧食，代價則是會在抽籤中多了一張自己名字，但在抽籤當天卻抽中自己的妹妹，凱特挺身而出取代妹妹的位置，參加飢餓遊戲，而故事也因此而展開。孩子們被迫參加一場致命的遊戲，為自己和他們的村莊贏得榮譽。Katniss Everdeen 她確信自己不會再回來了，但當她進入電視轉播的生死攸關的世界時，她發現自己比她想像的更強大……，一起來閱讀小說欣賞電影吧！

《Young Sherlock》

作者：Andrew Lane
出版社：Pan MacMillan
年齡層：13 years and up
Lexile measure 860L-940L

　　這裡我要做個說明，為什麼是看少年福爾摩斯（下頁左圖），其實一開始我跟孩子是一起看福爾摩斯的電影，因為孩子也覺得電影好看，所以懷特就想說如法炮製，衝去書店買了

原文書《Sherlock Holmes》（右圖），但哥哥 Danny 說看了，但是看不太懂，就立即停止閱讀，後來我就另外在網路買這套《少年福爾摩斯》，後來哥哥就整套看完了，也理解了故事內容，但是後來哥哥要準備會考了，這套《Sherlock Holmes》還是一直擱著，這套書應該是我們遇到唯一一次無法直接攻頂的書。

　　《少年福爾摩斯》故事敘述聰明且富機智頭腦的福爾摩斯少年時期經歷的各種冒險，其中也發現每個傳奇人物都有養成大器的開始過程，當十四歲的福爾摩斯看到一個充滿膿包的屍體，他膽大心細、無所畏懼且渴望冒險的心帶著他展開一連串心驚肉跳的刺激經歷。從倫敦不起眼的小村莊，經過大火、被綁架、被訓練成為間諜，一路到掌握英國未來的可怕事件的核心，福爾摩斯要如何一步步抽絲剝繭探究真相呢？一起來閱讀吧！

《Percy Jackson》（波西傑克森）

作者：Rick Riordan

出版社：Disney-Hyperio

年齡層：9- 12 years

Lexile® measure 590L-680L

　　懷特家看了很多套美國著名作家 Rick Riordan 寫的小說，其中以《Percy Jackson》為最出名的著作（大概跟被拍成電影宣傳有關）。故事結合希臘文化與現在世界，就算到了現在文明的世界，宙斯等眾神也存在，故事主角 Percy 特別的地方就在於他的爸爸是海神波賽頓。很久以前奧林帕斯神明的三巨頭（宙斯、海地斯、波賽頓）達成了一個不生半神人的規定，因為每次有一個半神人誕生，就會因為他們特別強大而對凡間影響力過大。而半神人的氣味容易吸引妖魔鬼怪，Percy 學校的校長——就是其中一個。而混血營則會派出半羊人去尋找半神人並把他們帶

到混血營訓練進而抵擋妖魔鬼怪，故事也從這裡而展開。

　　作者非常喜歡各個古文明的神話，故事也大致上內容相同，但作者仍可以毫不顯得突兀的將故事人物與劇情融入就可以看出作者功力有多麼的深厚。故事劇情中常常有神與半神人之間的矛盾，神需要半神人的幫助，但因認為自己是神，是多麼的高高在上常常有地方明明可以請求幫助卻選擇讓事情惡化。而其中也多有人與神對世界的看法，神因為永生所以並不在乎世界上的微小事物，但因為半神人仍屬於人，具有的感情也帶來鮮明的對比，更告訴我們要珍惜世上你擁有、你關心的一切——畢竟我們不是神。

《The Heroes of Olympus》系列

作者：Rick Riordan
出版社：Disney-Hyperion
年齡層：9- 14 years
Lexile® measure 640L-690L

　　《Heroes of Olympus》算是《Percy Jackson》的續集，故事這次不僅僅希臘神話融入其中，也有加入羅馬的神話與當時的信仰。而其中敘述了希臘與羅馬的對立與反對，直到最後他們

才同心協力的完成目標。故事情節充滿了神與人與惡魔的互動，也暗示著人們在生活中遇到的景象，神可以看成公司老闆；而半神人呢，可看成員工。好的神沒有半神人的幫助也無法擊敗邪惡的人，正如同老闆無法一人無法完成所有的事情，事事皆須員工幫忙才能一起達成目標。

作為續集懷特家 Johnny and Danny 表示：認為絕對不輸給原本的《Percy Jackson》而其中也會省略一些再《Percy Jackson》裡已經提過的故事，所以建議先讀《Percy Jackson》再閱讀《Heroes of Olympus》喔！就算省略了一些前情提要，仍是厚厚的好幾本書。書裡的章節會以主角中的其中一人的視角來描寫，那裡就會寫出主角的擔憂、想法、等等……在劇情當中他們也將面臨許多抉擇，故事到底怎麼發展呢？一起來閱讀吧！

《Fablehaven》系列

作者：Mull, Brandon/ Dorman, Brandon (ILT)
出版社：Turtleback Books
年齡層：8- 13 years
Lexile® measure 700L-790L

　　《Fablehaven》系列是美國《紐約時報》暢銷系列書，懷特家弟弟表示這套科幻小說非常好看，雖然故事很長但沒有很難的單字，只要有耐心就能完成閱讀。

　　故事主角小學生肯德拉 Kendra 跟賽斯 Seth 在暑假期間去了祖父母的莊園時，他們發現這裡是魔法生物的避難所，一場善惡之戰迫在眉睫。幾個世紀以來，神秘生物被聚集在一個名為 Fablehaven 的魔法生物避難所中，以防止它們滅絕。Kendra 和她的兄弟 Seth 原本不知道他們的祖父母就是魔法生物庇護所 Fablehaven 的當前守護者。在封閉的樹林裡，古老的法律在貪婪的巨魔、淘氣的羊男、密謀的女巫、惡毒的小鬼和嫉妒的仙女之間維持秩序。然而，當規則被打破時，強大的邪惡力量被釋放出來，肯德拉和她的弟弟必須面對他們生命中最大的挑戰，以拯救他們的家人、及 Fablehaven，甚至可能是世界。

　　在這個奇幻的世界有魔法、怪獸和巫師……，還有一些人物為了權力而使用暴力，他們甚至會把人殺來得到力量，Kendra 跟賽斯 Seth 兩姊弟，會不會存活下來呢？

2021年6月8日 · ✿

昨天到貨，小誠疫情放假在家學習，一天讀完一本，上網認證第一冊。

2021 ／ 06 ／ 08

疫情期間放假在家，一天可以
讀完一本，孩子的能力真的總
是能讓你感到驚奇！

《Dragonwatch Daring》 Collection

作者：Mull, Brandon
出版社：Aladdin
年齡層：8- 13 years
Lexile® measure 620L

　　這三本小說是《FableHaven》
的續集，人物有些變動，肯德拉
Kendra 跟賽斯 Seth 在打敗惡魔
國王之後，又出現了另外一個問
題——龍族之間出現了暴動，姊
弟倆為了平息紛亂，展開了危險的旅程，龍與人類的紛爭，要
怎麼解決？能夠像上次一樣成功嗎？

在期待已久的《Fablehaven》續集中，巨龍已經向人類宣戰……巨龍不再是我們的盟友。在 Wyrmroost 的隱龍聖所中，龍之王密謀報復。長期以來，他一直將避難所視為監獄，他只想推翻俘虜他的人，讓世界回到龍的時代，那時他和他的同類統治著無國界。

拯救世界免於毀滅的唯一機會是古老的守望者組織再次聚集。在遠古時代，守龍人是一群巫師、女巫、屠龍者和其他人，他們最初將大多數龍禁錮在庇護所中，但後來幾乎所有的原始成員都離開了。肯德拉 Kendra 和賽斯 Seth 有能力一起成為強大的馴龍師，他們將不得不利用他們所有的才能、知識和勇氣來面對這個新的危險。

兩位年輕的守望者能否從龍棲生物那裡獲得足夠的支持來平息龍族的暴動，並保護世界免受龍類的統治呢？除非肯德拉 Kendra 和賽斯 Seth 能夠具有擊敗狂暴超自然力量的能力，否則巨龍將推翻人類並改變我們所知的世界。隨著巨龍推翻每一個庇護所，黑暗勢力的進軍，離新龍紀元的黎明更近了一步。肯德拉和她的盟友能否聚集足夠的力量來贏得史詩般的巨龍戰爭？

這一套還是跟《Fable Haven》一樣好看，史詩般的人龍大戰會發生什麼事呢？趕快加入閱讀行列吧！

《The Keepers Of The Lost Cites》系列

作者：Shannon Messenger

出版社：Aladdin

年齡層：8- 12 years

Lexile® Measure：670L- 890L

　　《Keeper of The Lost Cities》這一系列套書，真的會嚇到吃手手，厚度比哈利波特還厚，本數比哈利波特還多 1 本，這套書懷特家兩位孩子不只看一遍（若非懷特親眼所見，懷特也會覺得真的太誇張了），我想孩子真的征服英文了。

　　故事主角十二歲的 Sophie 有一個秘密，她可以聽到所有人心裡的思考，這是她從來就不知道如何解釋的特殊能力從未完全融入她的生活，而這也讓他與家庭還有其他人疏離。直到有一天她遇到了另一個世界來的男孩 Fitz，這個忽然就出現的男孩跟她一樣擁有相同的能力。Sophie 也發現自己跟 Fitz 一樣不屬於人類這個世界，雖然捨不得離開地球，但她從未完全融入她的生活。仔細思考過後 Sophie 下定決心前往那個世界居住，而她

身後的地球將不再是她的家，她將於新的世界展開一段與在地球截然不同的新生活。但到了那個世界後，並不是所有人都很高興她終於回家了。Sophie 是一個心靈感應者，一個會讀心的人。在她的記憶中有許多不為人知的秘密，有些人迫切的想得到這些秘密，甚至願意透過殺人來得到……。

懷特的兩位孩子提到其實這套書詞彙並不難，作者想像力非常豐富，書中人物性格鮮明且敘述非常的細膩，每一本中都會有個轉折，進而提升故事的複雜，也反映了生活中的不簡單。其中更有許多內心的想法與選擇的糾結都是日常生活常遇到的問題，這本書貼近青少年的想法，在這之間也有一些浪漫的愛情把所有的人物都串在一起，劇情引人入勝，不僅有冒險和熱血的情節，也有許多有趣的劇情，真的令人欲罷不能。如果您的孩子喜歡科幻小說的話，那這套書絕對是首選。

《The Mortal Instruments》（骸骨之城）

作者： Cassandra Clare
出版社： Walker Books
年齡層： 14 years and up
Lexile® measure 710L-770L

當 15 歲的 Clary Fray（克拉里·弗雷）和她的好朋友前往紐約市的 Pandemonium 俱樂部時，她看到三個滿身是奇怪紋身並

揮舞著奇異武器的少年犯下了一起謀殺案,她發現被害者的身體很快的消失在稀薄的空氣中時,她感到很驚訝。這些少年其實就是 Shadow Hunters,「暗影獵手」,他們是一群秘密的戰士,這些戰士致力於將惡魔趕出我們的世界,讓惡魔回到他們自己的世界。

當克拉里離開俱樂部後,回到家時她發現她的母親消失了,此時克拉里自己也差一點快被一個古怪醜陋的惡魔殺死,她被捲入了這個奇異的世界。很快的暗影獵手找上了克拉里便介紹克拉里來到暗影獵手的世界,暗影獵手們更想知道,一個普通的人類怎麼可能在這樣的攻擊中倖存下來並殺死惡魔?到底克拉里是個什麼樣的角色呢?一起來探索吧!

這套書有被拍成電影《天使聖物:骸骨之城》,另外在 NETFLIX 拍攝成影集。

好書不錯過

因為懷特家書籍實在太多了，記憶力也有限，懷特跟孩子努力喚起記憶，其他書單請參考，就不再一一介紹內容囉！再提醒一次 Lexile® measure 僅供參考喔！有時候孩子喜歡看的書雖然有些冊次 Lexile® measure 值偏高，孩子還是有能力完成閱讀喔！

《Diary of a Wimpy Kid》系列

作者：Jeffrey Patrick Kinney
出版社：Harry N. Abrams
年齡層：8- 14 years
Lexile® measure 910L-1060L

《Dork Diaries》系列

作者：Rachel Renee Russell
出版社：Aladdin
年齡層：9- 13 years
Lexile® measure 660L-890L

《The Chrestomanci》
Series Collection

作者：Jones Diana Wynne
出版社：HarperCollins Children's Books
年齡層：9- 14 years
Lexile® measure 720L-840L

《Skulduggery Pleasant》
Complete Set Books 1-9

作者：Derek Landy
出版社：HarperCollinsChildren'sBooks
年齡層：11 – 17
Lexile® measure 610L-700L

《The Infernal Devices》系列

作者：Cassandra Clare
出版社：Margaret K. McElderry Books
年齡層：14 years and up
Lexile® measure 780L-840L

《The School for Good and Evil》系列

作者：Soman Chainani

出版社：HarperCollins

年齡層：8- 12 years

Lexile® measure 830L-930L

《Wolves of the Beyond》系列

作者：Kathryn Lasky

出版社：Scholastic

年齡層：9- 14 years

Lexile® measure 770L-890L

《The Shadow Children》系列

作者：Margaret Peterson Haddix

出版社：Simon & Schuster Books for Young
        Readers

年齡層：8- 14 years

Lexile® measure 620L-810L

2019年1月19日

文謙、文誠，7 天 ko，這一套書每本 200 頁左右，是英文共讀網侯老師送的書，謝謝您。孩子的潛力真是無窮，若非自己親眼看到，自己也覺得怎麼可能呢？真的要相信自己的孩子做得到。自學的威力才是真正的王道，現在的我，已經可以輕鬆愉快的看他們二人自己閱讀，我只要負責挑書買書，省下補習的錢，買書綽綽有餘。不過挑選適合孩子的書，也是另一門重要的功課，我已經追不上孩子的速度，但是一定要清楚孩子的程度，才可以一直幫助孩子前進。有興趣陪孩子一起努力吧！

+2

2019 / 01 / 19
兩個孩子一天一本，
7 天完成 The Shadow
Children Series 的閱讀
及認證通過。

《Septimus Heap》系列

作者：Angie Sage
出版社：Bloomsbury
年齡層：8- 12 years
Lexile® measure 640L-1030L

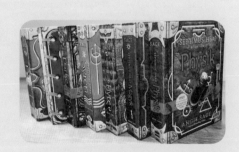

《Magnus Chase and the Gods of Asgard》系列

作者：Rick Riordan

出版社：Disney-Hyperion

年齡層：10- 14 years

Lexile® measure 630L-710L

《Wings of Fire》系列

作者：Tui T. Sutherland

出版社：Scholastic

年齡層：8- 13 years

Lexile® measure 710L-790L

《The City of Ember Complete》 Boxed Set

作者：Jeanne DuPrau

出版社：Yearling Books

年齡層：8－12

Lexile® measure 760L-790L

《I Survived》系列

作者：Lauren Tarshis

出版社： Scholastic

年齡層：7- 10 years

Lexile® measure 550L-740L

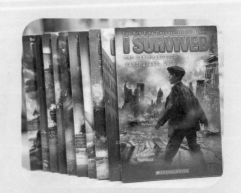

《Timmy Failure》系列

作者：Stephan Pastis

出版社：Candlewick

年齡層：8- 12 years

Lexile® measure 630L-770L

《Charlie Bone and the Red Knight》系列

作者：Jenny Nimmo

出版社：Egmont Books Ltd; UK ed

年齡層：8- 12 years

Lexile® measure 630L-770L

《Who Was...?》

Lexile® measure 570L-1020L

《Where Is...?》

Lexile® measure 730L-1080L

《What Was...?》

Lexile® measure 620L-940L

出版社：Penguin

年齡層：Ages 8-12

（懷特家目前完成一半）

大師鼓勵語錄

Albert Einstein 愛因斯坦：

Only those who attempt the absurd can achieve the impossible.

只有那些嘗試做荒謬的事的人，才能實現不可能的事情。

大量輸入，造就超強聽 & 說

▌如何獲得更好的口語能力

學語言除了前面章節提到要利用聲音與文字的連結來提升閱讀能力之外，我們更想要擁有一口流利的口說能力，當然這絕對不是三天兩頭就有辦法達到的，懷特所謂的流利不是只講很快速叫做流利，只要能夠達到清清楚楚一字一句慢條斯理順順的說出口，完整表達自己的想法就算是流利了。

在此懷特要給大家提醒一個要達到流利的口說關鍵就是要掌握一個重點學語言絕對要靠聲音，聲音有分「輸入」跟「輸出」，你想要輸出用英文侃侃而談，你就必須要「很大量很大量很大量非常大量——無極限——as much as you can」的輸入才有辦法輸出，當然這個方式不需要搭配讀本也沒關係，就像我們小時候學怎麼說國語、台語、客家語一樣，是從模仿聲音開始，所以一定要靠聲音的輸入來幫助學習。

讓孩子每天都是隨時隨地利用零星時間與退役的手機聽英文故事，隨時沈浸在英文環境當中。

● **懷特的口語的能力訓練操作方式：**

（1）製造環境

　　利用手機內的雲端硬碟、或是「喜馬拉雅 FM」APP，連接藍牙設備，就可以把家裡變成英語的環境養成習慣大量的聆聽。例如起床前、上下學車上接送時間、洗澡、玩耍、吃飯……等，都是很不錯的聆聽時刻。

（2）朗讀訓練

　　大聲的朗讀（模仿）讀本內容，訓練輸出的基本功，同時也請注意英文句子的連音、變音和消音，可以讓發音更順暢。或者找出自己覺得更有趣的方法，例如：大聲唱出喜歡的英文歌曲、模仿電影情節中的對話……等，都是非常棒的學習方式。

（3）錄音練習

　　利用 HI-Q mp3 的 App 軟體錄下來並且一定要聽自己的聲音，孩子自行矯正，就算是小小的進步，父母就是要大方的鼓勵。事後某天播出以前的朗讀聲音時候，小孩會自覺以前的發音怎麼會這麼好笑，下次錄音時就會特別的用心朗讀。

（4）看影片

　　例如觀看各種英文影片，Peppa pig（YouTube 上有）、The cat in the hat（自己購買的、YouTube 上也有）、另外目前全世界最火紅的 ChatGPT 也可以練口說！（YouTube 上有介紹喔！懷特也玩過！）

（5）說故事訓練、談生活中的事情

　　剛開始是朗讀。接著要孩子做小抄說，最後可以訓練他們做 PPT 說

故事。另外，懷特有時也會邀情孩子用英文介紹他正在做的事情。

（6）把握機會

　　把握機會甚至製造機會，跟外國人聊天，例如學校一定有外師、或是出國自助旅行更是可以檢驗小孩英文的口語程度。懷特家兩個孩子彼此幾乎天天都會用英語聊天，我們「讓英語成為日常生活的一部份」，孩子也會時不時就是跟懷特用英語說話，兩個孩子在電梯也會自然脫口用英文聊天，只要肯想辦法都是有機會製造環境來學習的，曾經有鄰居問我們是 ABC 回來的嗎？英文說得很好耶！如果是您，當下鄰居的肯定也會覺得這幾年付出值得了吧！

　　英文它就是一門語言，就是用來與人互動的溝通工具，所以利用與人的互動來提升口說學習效果，一定是吸收的效果加倍的。所以「練習與人對話」是英文口說能力持續不斷進步的關鍵因素，只有在不斷地使用與練習當中，英文才會變得越來越熟悉，在對話時若能像說母語一樣，毫不停頓的脫口說出心中的話，這樣的英文能力才是完全屬於自己所擁有的，否則說不出口的英文只是紙上談兵而已。懷特還曾經聽過孩子，在夢中是說英語的情境，當時真的感到很訝異！

請掃描 QR Code 觀看，弟弟（中）用英文介紹他正要吃的美食。

https://is.gd/d9cbc4

● 補充說明：

　　《The cat in the hat》這套書是廖彩杏啓蒙書單中的其中一套，是知名的童話界的大師 Dr. Seuss 寫的，懷特跟孩子都很喜歡這樣的繞口令方式，孩子聽到琅琅上口整本內容都可以背起來，後來懷特購入整套的 Dr. Seuss 的書本作品，同時也購買了整套的弘恩動畫出版的《戴帽子的貓》雙語 DVD 影片，發現這套超好的口語學習教材，懷特強力推薦給您的孩子看。

　　這套 DVD 並不是繞口令的內容，而是擁有神奇魔法的貓咪——主角 The cat in the hat 帶著兩個小主角尼克和莎莉兩個孩子到處冒險一起發現全世界，內容古靈精怪、極富創意，傳授生活中的常識與知識給孩子可以開啓孩子的科學腦，對話的口語相當幽默、琅琅上口、極富韻律，可以啓發孩子的語文能力，很適合孩子的口語與聽力學習。

　　另外，片頭曲 "...all of our adventures start like that wherever you were gone... The CAT IN THE HAT Knows a lot About That ！" 與片中插曲的令人感到神清氣爽的音樂旋律，相當的活潑輕鬆，立即吸引孩子，孩子只要聽到懷特播放這個片頭曲就自動跳到沙發觀賞影片，無形之中既學知識也學習語言的能力。

底下請掃描 QR Code 感受魔力大師 Dr. Seuss 的魅力吧！

https://is.gd/9oMcjt

▌享受聽力與口說能力帶來的好處 ────────

(1) 收割考試成績

長期的聽力輸入在多益 980、965 分的聽力測驗部分更是獲得 495 的滿分亮麗的成績。

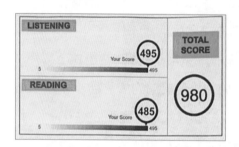 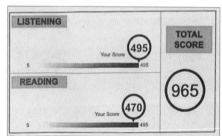

(2) 電影娛樂

擁有英文的聽力，給孩子帶來的好處是看英文的電影、國外的娛樂節目，例如：孩子們的最愛，算是從小看到大的「Do Perfect」，幾乎是不需要中文字幕，都可以理解電影、網路頻道節目的內容。

(3) 跨國、跨領域學習

孩子最大的收穫是已經把英文當作遨遊世界的工具了，用英文瀏覽國外的網站想研究甚麼主題，就可以用英文去吸收更多的知識，孩子們最常看的 YouTube 的「TED-Ed」，吸取了很多的各種知識，都是書本教科書上沒有的。

(4) 找工作、出國自助旅行

擁有出色的口說能力，除了對未來找工作有幫助外，目前孩子最喜歡的就是自助旅行，但因疫情的關係這兩年都無法出國旅行了。

長期閱讀，帶來神奇閱讀理解力 ————————

（1）直接收割考試成績

　　長期的閱讀輸入在多益 980、965 分的閱讀測驗部分更是自然而然水到渠成獲得的亮麗的成績。所謂萬丈高樓平地起，少即是多、慢即是快，在短短不到幾年的時間孩子的英文能力成長如此之快，除了點字成金、吸英大法再加上後面橋梁書的大量閱讀，就已經帶來了驚人的多益 980、965 分的閱讀能力。

　　根據底下影片記錄時間是在 2018 年 02 月 28 日假期，我們還在學「主詞為第三人稱單數現在式，動詞要加 s」，但經過三年在 2021 年 12 月 19 日，弟弟（小六）以驚人的進步速度到第一次考多益考試就拿到 980 分。這絕對是「閱讀＋聽讀＋朗讀」的威力，透過長時間不間斷的學習，所滾出的「複利學習」效果 - 我稱之為「滾雪球學習法」！在多益考試的閱讀 200 題中，雖然未刻意學過較高等級的文法，即使有文法題，由弟弟的經驗告訴我們，閱讀養成的實力真的是足以應付英文檢定的文法題目的，而且更可以確認閱讀為孩子所帶來的學習效果是很驚人的。請掃描 QR Code 觀看紀錄影片。

2018/02/28 爸爸跟弟弟一起學習 Simply Grammar 的影片
https://is.gd/cKQmzd

（2）攻克更高階的原文小說

　　經過前面各個階段的洗禮，孩子的閱讀能力，已經超乎我們的想像了！想看的原文小說即使在高階孩子還是有能力、有耐心的看下去，這無形之中已經奠定了，孩子在未來英文能力的基石，無論是應付各種大大小小的考試，或者是以後出社會所需的英文能力都是無需家長在擔心煩惱了！

大師鼓勵語錄

發明家愛迪生 Thomas A. Edison：

Genius is one percent inspiration, ninety-nine percent perspiration.

天才是百分之一的靈感，加上百分之九十九的汗水。

大家
都想問的
Q & A

QUESTION
16 很難找到口說練習
對象怎麼辦？

　　沒錯，在台灣國內確實很難找到口說環境練習英文，但也不能以此當作藉口。在此懷特也簡單介紹一下很多專家推薦的方法，影子跟讀法「Shadowing」，那什麼是 shadowing？其實跟懷特一直強調的大量朗讀、大量閱讀的方法類似，影子跟讀法就是聽著母語人士所說的英語句子，然後跟著重複模仿幾乎同步母語人士的發音及語調的一種口說技巧練習方式。「Shadow」是影子的意思，有「如影隨形跟著」的意味，簡單說就是「跟讀法」。

● Shadowing 的操作步驟：

❶ 可以在 Youtube 或是 VoiceTube 挑選短片。先挑選符合自己程度且喜歡的主題，這樣才會有強烈的動機持續練習。

❷ 先搞懂短片的內容，然後再開始重複跟讀練習。

❸ 開始進入「跟讀」的階段，跟讀方式可以先分逐步熟悉之後再練習同步。

❹ 跟讀先有稿跟讀，熟悉之後再進入無稿跟讀。

❺ 最後一個階段幾乎整個練習內容都背起來然後直接跟讀。

17 閱讀時遇到不會唸的字怎麼辦？

以我自己的經驗是，當我在閱讀英文小說遇到自己不認識的單字時，我是會立即去查單字的，因為以前受的教育就是不懂就查字典，後來我也發現這樣會一直打斷看書的流暢性，而且使得閱讀進行的速度變慢。

自己有了經驗，當懷特在訓練我家兩個孩子閱讀原文小說時，遇到不認識的單字幾乎是不查字典的，剛開始或許不習慣，堅持幾次就習慣了。若想要讓孩子享受不中斷的「閱讀樂趣」的話，懷特建議，在閱讀過程中最好避免遇到不熟或不認識的單字就立刻查字典的習慣，而是應該要習慣「先持續看下去」，然後試著利用「上下文」的前後去推敲該單字的意思，因為查單字會養成依賴，其實也會中斷看故事的過程，說真的一個單字通常不會影響整篇故事的理解，有時候說不定也只是一個修飾名詞的形容詞，或者是可有可無的副詞補充說明而已。

例如：She is a beautiful girl. 這裡的 beautiful 就是個修飾語，重點還是放在理解 She is a girl. 就夠了！

如果養成不懂的每一個字都要立即查字典的習慣，這種閱讀方式對於理解文章內容不僅幫助不大，也會拖慢你的閱讀速度，「孩子最後閱讀的方向要朝廣讀，而不是精讀，而且要練到用掃描式的方法來加快閱讀速度，而不是像剛開一個字一個字慢慢讀」這樣的閱讀方式培養出來的孩子英文閱讀能力是更強大的。當然不是說在閱讀的時候完全不能夠

查字典，而是懷特認為讀故事書是比較不需要查字典的，除非這個單字一直重複出現，已經影響到你理解整個故事的劇情，那就拿起手機查單字吧。

另外，懷特曾遇到的一種情況，在跟孩子一起閱讀有關知識性的讀本時，因為可能一個單字就會影響整篇文章的理解，此時我們會利用手機 APP 查單字了。

在閱讀原文小說的時候應著重在「持續性」，不中斷，以及享受「閱讀的樂趣」並試著理解故事主角的感受，此時可別讓一個不影響理解文章的單字而干擾了整個美好的閱讀過程。一旦孩子愛上閱讀、享受閱讀，由被動學習轉成主動學習時，自己孩子會更愛閱讀英語書籍，此時效果明顯提升，持久性和續航力也會非常驚人，進入這個階段父母已經不用再提醒孩子閱讀了，只需要做好如何挑選下一套書籍的工作就可以了，因為孩子會主動告訴你，他想讀的書什麼。當然如何挑選下一套銜接性的書籍又是另一項挑戰了。

請掃描 QR Code 聽聽從小沒查過字典的弟弟，如何解釋英文單字 flexibility。 https://is.gd/V7tRMD

當孩子當下正在閱讀的那套書尚未完成時,我就會趕快超前部署,在網路上挑選書籍,一次一買就一大箱,在孩子完成該套書籍之後,立即無縫接軌,繼續閱讀下去。因為當孩子程度到一個境界後,在國內是比較難買到適合孩子的原文小說,需要在國外網站訂購,使得到貨的時間較長。

最左邊的照片,逛國外的書局,幾個孩子看到自己讀過的書,興奮不已,遲遲不肯離去,想翻閱更多書籍,一行人就坐在地板看起書來了。

大師鼓勵語錄

世界足球明星・梅西(Lionel Andrés "Leo" Messi Cuccittini):
"You can overcome anything, if and only if you love something enough."
你可以克服任何事情,只要你足夠熱愛一件事。

18 如何跨入中階程度以上的原文小說呢？

在剛開始閱讀原文小說時，我引導孩子會有三種不同的方式，多管齊下的訓練：

❶ 翻書跟著 mp3 音檔，同步使用「視覺」加「聽覺」學習。

❷ 單純的翻書閱讀，這是視覺學習。

❸ 單純的跟著 mp3 音檔聽故事，這是聽覺學習。

我接觸過的孩子，包含我兩個孩子，我給的建議訓練方式順序說明如下：

剛起步看小說時，我都是會先依照第 ❶ 種「聽＋讀」同時進行的方式，算是個啟蒙過渡期，因為並不是每套書籍都會有 mp3 音檔，所以家長要掌握一個重點，先挑有 mp3 音檔的書來訓練孩子，而且「聽＋讀」同時進行的方式，會引導或是說會「強力拉著孩子」吸引持續跟著故事前進，經過幾套書的洗禮之後，再慢慢的要求孩子進入 ❷❸ 階段，當只使用第 ❷ 個方式時，這個方式是為了擺脫對聲音的依賴，可以靜靜自己的享受書本的樂趣，最後再進入到只純聽的第 ❸ 種方式，第 ❸ 種方式是為了訓練孩子的聽力，跟未來的口語能力。

若想快速提升孩子的口語輸出能力，可以加上第 ❹ 個步驟，練習「朗讀故事」書，想要輸出就要足夠大量的輸入才行。

補充說明，第 ❶ 個方式一定是優先執行，後面的 ❷❸ 兩者訓練方式是可以互換順序的，再經過一段時間的洗禮之後，這三個順序，對任何一本書，就按照孩子的偏好執行。

懷特建議剛開始的時候，一定要盡量做到每套小說都可以以 ❶❷❸+❹ 的方式學習，這樣的方式，除了訓練閱讀以外，孩子的聽力跟以後的口說能力也會非常的驚人，會出乎你的意料之外，出國未必能學好英文口說，但沒出國，只要用心為孩子創造自己的英文學習環境，即便只是在台灣，從來沒有出國留學的孩子，也是可以英文口說能力很棒的，底下有影片為證。

請掃描 QR- Code 看弟弟小五時介紹 TOM GATES 這套書籍時的口說能力。

https://is.gd/waeOUl

懷特小語

英文是一種工具，但在台灣是一門令人頭痛的學科，而語言是用來溝通用來說的，開不了口的英文，無論考試分數有多高，最後都是毫無用處的。

19 如果發現已經起步太慢，還來得及嗎？

其實，孩子的閱讀能力真的沒有極限，孩子的能力往往超乎我們的想像，只要他們願意閱讀，家長們也都願意陪伴起的話，從我的孩子和我幫助過的孩子的身上，我一直深信孩子會為了喜歡的讀本做任何的改變的！

讀書要 SMART 才能過彎超車逆轉勝，懷特認為這絕對是有可能的，那如何過彎超車迎頭趕上，甚至逆轉勝呢？此時你需要的是設立明確目標，並且加速前進。

懷特的建議可參考管理大師彼得杜拉克所提出的 5 個目標管理原則，設定明確步驟，能達到、能做到的目標，才是好目標！

SMART 目標管理原則

S Specific 具體的
M Measurabel 可衡量的
A Attainable 可達成的
R Relevant 具有相關性
T Time-bound 有時限的

知名管理師彼得杜拉克，於 1954 年提出 SMART 原則，只要掌握五項原則，會讓你有更大的機會達成目標。

在實施閱讀的時候，網路會看到很多專家推薦的書單，或許明天又出來懷特的書單，若是當下心急的人可能不經思索地就一股腦全部都買下了。可能經過一段時間發現，買的書依然擺在那裡，幾乎沒有動過。我也曾經短期之內買了很多的書籍，但來不及消化，反而閱讀速度變慢了，因為懷特有這個經驗，在此建議大家可利用閱讀利器 SMART 原則，依每一個月、或是一季訂下明確的目標來執行閱讀。

● SMART 由下列五個單字詞的首字母組成

❶ Specific 具體的

目標明確具體，不可模稜兩可，清楚地說明要達成的行為標準。

例如：一個月內孩子要達成的閱讀標準是讀完一套書。或者更細微的可以分成一週或二週須達成的目標。

❷ Measurable 可衡量的

目標應該可以量化的或拆解成明確的任務，才能持續追蹤與評量。

例如：一套書 10 本，可拆成單本，逐冊閱讀之後，上 LitPro 網站認證，完成每本書的問與答。

❸ Attainable 可達成的

\目標必須是可實現的，只要經過努力後就可以達成的，避免設立太高的目標。

例如：這套書本的難易度拿捏得宜，一定要確定是適合孩子的程度的。

❹ Relevant 相關的

目標必須與期望的願景有關聯，比較能夠激勵孩子執行閱讀任務。

例如：讀完這套書，可以銜接書後相關的續集或是外傳之類的主題。

❺ Time-bound 有時效的

目標必須在限時的時間完成，具有明確的截止期限。

如果我們把讀一套書的目標看成是一項任務，要求執行這次任務時，有明確的「開始時間」和「結束時間」。若孩子有在這個時間範圍內達成閱讀目標，甚至提前完成，這表示這次的閱讀計畫確實它符合時限性的原則。而且目標是能夠被孩子所接受的，孩子能夠實現目標。

若孩子提早完成時，每一次挑戰的目標結果都比上一次好，此時，就是你挖掘孩子的潛力的時候，請執行加速前進。此時，我們再次訂定任務的時候就要跟孩子討論，是否提高一點點標準呢！當然還是不能定的太高也不能定的過低，可是總是要給孩子一些挑戰，才能激發孩子更高的潛能。

除了上述的 SMART 原則，懷特加碼一個懷特家操作過程的一個很重要的關鍵，隨時「善用零星時間」學習，利用一天之中的零星時間來學習效果是很驚人的。例如：洗澡、上廁所、刷牙、坐車、吃飯、賴床時間……都是聽故事的最佳時間，懷特已經養成習慣在開車時、洗碗、晾衣服時都不放過用手機聽英語、聽廣播、聽主題 YouTube、mp3 來練習聽力，想盡辦法「請隨時隨地用英語來包圍你自己，Please surround yourself with English anytime, anywhere」創造不用到一個說英語的國國家就可以用英語包圍自己，整天浸潤在英語的環境中，讓英語成為日常生活的一部分。

總之閱讀目標，若符合上述五個原則，再加上「善用零星時間」與「用英語來包圍自己」，懷特認為這樣的閱讀方式是能夠使孩子更有效率的的閱讀，一定能夠「逆轉勝」的。

懷特小語

想逆轉勝的孩子,請注意!恐懼害怕達不到目標是想像出來的,只要立即行動能就能驅散心魔,沒有辛苦付出,是無法快樂學習的,心越急,動作要越慢;少即是多,慢即是快。

大師鼓勵語錄

Aristotle 亞里斯多德:

We are what we repeatedly do. Excellence,

therefore, is not an act, but a habit.

我們每天做什麼,就會成為什麼樣的人。

因此,卓越不是一種行為,而是一種習慣。

QUESTION 20 外國老師的角色分量重嗎?

外國老師的問題,我想也是家長急迫要知道的,外師的角色重要嗎?這個問題我會分兩個部份來說明——

（1）虛擬外師

「虛擬外師」對我們自學者來說當然非常重要,所謂虛擬外師就是,我們在 MP3 音檔裡聽到外國人發音、朗讀、說故事 .. 等,或者是電視上、電腦上、網路上的外國人講話,這些都是虛擬外師,我們常利

用這些資源來聆聽、模仿、上課自學！所以虛擬外師是非常重要的資源，畢竟有外師的標準口音加持，孩子可以自動校正發音，來彌補我們家長在教他們時，發音的準確度問題。所以真的不用擔心自己的英文發音不夠標準！就像我的英文發音，未盡完美，但我的兩位孩子發音，沒看到臉孔，會讓人感覺發音就跟外國孩子一樣！懷特建議孩子越小越早接觸英文的聲音越好！（PS：懷特的父母務農，是所謂台灣國語腔，但我的說話也沒有台灣國語。

請掃描觀看弟弟換牙時期，說笑話的發音也是很棒的。 https://is.gd/fWM7uf

請掃描觀看哥哥小四時用英文講解變魔術。 https://is.gd/LIPq3v

請掃描觀看弟弟小二時朗讀哈利波特。 https://is.gd/P7g5x2

（2）真實外師

真實外師當然也是重要的，孩子除了幼稚園（非雙語）的時候接觸外師之外，在我們自學過程中，一直到真的自學很多年之後，我認為孩子有一定的口語表達程度才開始接觸外師，真實外師固然重要（就是未來實際會遇到的狀況），但在我們自學過程中外師比例佔的時間真的非常少。當時只是想找外師來陪孩子玩，從遊戲當中訓練口說而已，我只是想讓孩子真槍實彈試試看，測試自學的成果，當真的遇到外國人溝通

也行嗎？所以，大約就在哥哥小五，弟弟小二時，我請了一位英國外師 Chris。

　　外師 Chris 來了幾次後，我曾經問過老師，孩子有進步嗎？他說孩子口說本來就很流利，但不是他教的，他只是來陪練習對話跟玩耍而已！外師上課時間我們很彈性，平均大約一個月 2 次，一次一小時，持續約三年半（寒暑假也不上，外師去旅遊、露營），說真的總時數其實也不多，後來因疫情就沒有上了，每次外師來都是先閒聊吃點心然後開始玩桌遊，從來沒正式上課，因為我要求主要是要讓孩子練習口說表達，只要讓孩子練練膽量，見到外國人能夠流利的表達口語。

　　若是今天是外師準備的遊戲，就由他用英文介紹遊戲，講解遊戲規則，然後開始玩！若是今天遊戲是孩子們準備的，孩子們就要用英文講解遊戲規則給外師聽懂理解，然後再開始玩。在玩耍的過程中，孩子們隨時得用英文跟外師溝通，像這樣在遊戲中學習外語的練習方式其實是很自然且輕鬆的。只要能夠用簡單的英文句子順暢的表達出自己的想法就夠了！

2019 年，外師跟他的弟弟（從英國）來家裡玩桌遊

外師費用不便宜，外師的聘請真的是在我認為孩子具有溝通表達的能力、且不會浪費錢了，我才敢找外師來練習，否則遇到外師孩子更緊張更有學習的壓力，更無法表達語意，不僅浪費錢跟時間，同時無形當中也造成孩子的壓力。另外，聘請外師前也要跟孩子做充分溝通，要讓孩子有心理準備才行。

請掃描底下二個 QR Code 觀看兩個孩子跟外師的互動。

https://is.gd/WpVWqR   https://is.gd/KJ1G3P

QUESTION
21 如何尋找外國老師？

現在很盛行線上外師教學，市面上也很多這樣的教學網站，我聽過如：Native Camp、Chambly、Amazing、Engoo、Tutor ABC……我看了很多家長分享的影片與文章，好評、負評都很多，大家會分享哪個外師比較好、被哪個外師放鴿子、上課時差、搶課問題……等等，後來我們也是試上過幾次課程，但感覺線上外師課不是我們想要的，我並不是說線上課不好，只是每個家長與孩子需求不同，我比較想讓孩子真的獲得與外師面對面的真實感，而不是遠在天邊摸不著的線上老師，不過如果是成年人學英文，我倒是覺得很適合線上外師，因為成年人學英文相對比較害羞，線上外師可以避免實際接觸外師的壓迫感。

接下來我來分享，我尋找實體外師的經驗，尋找適合自己家孩子的實體外師，真的是很重要的課題，外師很多但水平不一，不是會講英文就適合你的小孩，我的建議是先詢問您身邊的朋友，請朋友介紹推薦會比自己一直摸索尋找還要好。我們的運氣還算不錯，第一個家教外師就是我們家唯一接觸的外師 Chris，Chris 目前還是跟孩子有聯絡，他是一位很有耐心，很喜歡跟孩子一起玩的英國籍男老師，當時他 30 出頭未婚，白天在台北一家科技大學上課，下班接家教，他的口碑非常好，我聯絡他時，他一直說目前他的時間表排不進去，終於在一年半後，他跟我說可以排在星期五晚上 1 小時的課程。

　　當時尋找外師時我自己是一直不斷問身邊的朋友，後來有位朋友推薦了外師 Chris，我朋友跟我說，他前前後後快 2 年換掉了 6 位外師，才找到這位優質外師，勸我不用再找了，等這個外師就對了。

　　他又說道，剛開始都無從了解外師的教學習慣或是個性，Chris 是有真正教過他們家兩個孩子的外師，品質保證值得等的！

　　所以如果您想要找外師，把握一個原則，朋友家小孩子上過教學品質不錯的為優先考量。但別忘了，外師來我家只是跟孩子玩耍練習口說而已，並未真正上過英文課，例如：文法、寫作……。

請掃描 QR Code，觀看 2016 年兩寶第一次跟外師見面的互動，第一次比較不熟悉，但是孩子已經有能力表達，外師來了幾次彼此更認識之後，孩子的口語能力就漸漸展現出來了。

https://is.gd/NsQAlj

QUESTION
22 有推薦的人文歷史地理科學的書籍嗎？

　　孩子享受閱讀故事同時，當然知識性的讀本的重要性也是不可缺乏的。懷特強力推薦，FUN 學美國英語課本全系列套書（27 書，含mp3），這套是懷特認為必讀的知識性讀本。這套書採螺旋式的編寫方式，循序漸進，從學齡前，幼稚園、國小、國中、高中一路編寫上來，懷特家目前只剩下 ❹FUN 學美國英語課本：各學科關鍵英單套書（6 書）尚未操作閱讀。若家長有要安排孩子到美國留學這套書更是可以無縫接軌。

https://is.gd/VqMwL6

本系列套書包含：

❶ FUN 學美國各學科 Preschool 閱讀課本套書（6 書）──82 頁介紹過。
　幫助學前孩子及幼稚園兒童，認識基礎字彙與文法。

❷ FUN 學美國各學科初級課本：新生入門英語閱讀套書（4 書）
　精選文章，內容包括社會人文、自然科學、數學、藝術、語言、音
　樂等學科。

❸ FUN 學美國英語閱讀課本：各學科實用課文套書（9 書）
　文章主題齊全，囊括語文、歷史、地理、數學、社會、科學、美術、
　音樂八大學科。

❹ FUN 學美國英語課本：各學科關鍵英單套書（6 書）
　網羅了在以全英語教授社會、科學、數學、語言、藝術、音樂等學
　科時，所有會出現的必備英文單字。

❺ FUN 英語故事閱讀訓練：英語故事閱讀訓練（2 書）
　每冊精選 15 篇世界經典童話故事和短篇小說中，打造堅實直接閱讀
　原文小說的實力。

❻ 超級英語閱讀訓練：FUN 學美國英語課本精選 （2 書）
　每冊精選 90 篇 FUN 學美國英語課本，透過教科書中的知識來奠定英
　語基礎。

　　懷特建議，真的不用想太多，認真讀完這一系列書知識性的讀本就
很足夠。更詳細的介紹，請掃描 QR Code 參考出版的寂天網路書局。

23 懷特如何處理讀過的書呢？

懷特特別喜愛英文書，尤其是跟孩子共讀過的英文書一定做適當的保存，當有朋友諮詢時就會再拿出來拍照或介紹分享。懷特會用保鮮膜包裝然後再放到家裡的書房地板的地窖，並且放入除濕劑，避免發霉。懷特會保留這些書主要有兩個原因，第一是伴隨著孩子學習成長的書，是真的很有溫度的書，有時候懷特跟孩子也會回想起共讀過哪一本書的溫馨時光。第二是孩子跟我說，以後他們的孩子也要給懷特訓練學英文，我說你們兩個的英文程度都比爸爸好了，可以自己教啊，兩個孩子還是說要給爸爸教，原因是當爺爺的時間很多，而且教孫子一定更有耐心，更用心陪伴孫子孫女學習，真是聰明的孩子，已經打好如意算盤了！當下其實懷特很高興受到孩子們的肯定。所以我就說那要好好保存這些書籍，以後才可以跟孫女說這是爺爺、爸爸、跟你們共有的回憶喔，很感人吧！趕快一起來閱讀。

CHAPTER

3

考試戰爭我不怕

國中考試

▋ 紙筆測驗

　　當孩子愛上這樣以沉浸式的方式閱讀（或聽讀）故事書的習慣，時間久了，無形之中孩子的單字量、句型、文法、口說、語感幾年累積下來，絕對會有大幅的成長，並具備國中英文基礎的實力。

　　當年我跟大家一樣，心中充滿了既期待又怕受傷害的心情，很想知道自己的陪伴學習，只聽故事書、讀故事書是否有辦法應付國中的考試呢？我想了很久，終於鼓起勇氣，買了當時的國中英文測驗卷，這兩套測驗卷是要搭配國中課本內容使用的，但我們家兩個孩子又沒有上國中課程，也沒課本，我當下想說反正只是個測試而已，我心裡想雖然沒有讀國中課，但我孩子能力應該是可以的，英文的學習應該不是只能用課本的。於是我開始讓當時剛升小六的哥哥和小三的弟弟，一人一份的開始寫測驗卷，你猜看看結果如何啊？哈哈哈～孩子的表現果然是符合我的預期，我們的學習方向是完全正確的！！

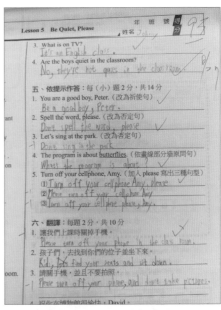

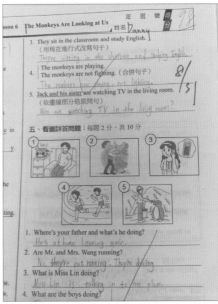

從孩子寫完這兩份的測驗卷的分數來看（當時有將分數填在測驗卷封面，如圖所示），測驗卷內容無論是單字、文法、翻譯、閱讀的題型，即時沒讀過課本，孩子也幾乎是可以勝任的，懷特說實話，後來孩子進步的速度實在太快了，測驗卷我們根本還沒有全部寫完，畢竟目的只是為了瞭解孩子的學習狀態，這些未來學校會寫的卷就留給學校再去做吧！懷特在意的是知道孩子的程度在哪裡？懷特想的是孩子在這樣的基礎下還需要超前部署些什麼呢？

　　孩子的程度足以應付國中的考試了，那還缺什麼呢？懷特從測驗卷中發現孩子錯的題目幾乎是文法的細節，心想既然孩子已經有相當紮實的閱讀基礎，那稍微加強一下文法應該不會造成孩子的負擔的。（後續會有學習文法相關的說明內容）

▌ 聽力測驗 ────────────────

　　除了靜態的紙筆測驗，學英文當然少不了最終的目標──具有相當程度的聽力與口說能力，為了了解一下孩子的聽力程度，懷特也購買了一套翰林的「晨間英文」來給孩子練習聽力測驗，聽力測驗對孩子來說真的更簡單了。幾乎每回聽力測驗都是滿分，因為只要聽得懂理解就好，所以比較不像前面的傳統測驗卷有文法陷阱題，因此孩子的表現又再次證明懷特一路訓練孩子的學習方法是對的，「少即是多，快即是慢」、「快快開始，慢慢執行」。這裡所謂的「慢」意思是徹底執行每

個步驟到位。孩子進入國中以後需要的考試能力，藉由幾年閱讀英文的過程中已經無形的都準備齊全，最重要的孩子還是在開心的情境中練就一番好武藝，未來求學時英文這一科將是得心應手。

懷特最開心的還有一件事，您有發現嗎？小三的弟弟完全可以跟著小六的哥哥一起操作，年齡絕對不是學習英文的問題，家長也不要被自己的思維侷限了，孩子的能力有無限可能，重點不是幾歲可以學什麼範圍，重點是操作每個步驟時，孩子有沒有卡關，有沒有紮實的通過每個階段。

請掃描 QR Code 觀看，小三與小六時練習國中的測驗卷聽力練習得操作影片。
https://is.gd/9i9ONa

大家
都想問的
Q&A

24 學英文一定要學好文法嗎？什麼時候學呢？

　　想學好英文，文法當然是相當重要的一部分。文法就是英文句子的「規則」與「架構」。而學習文法一定要透過理解的方式，如此才能快速、有效率地將學過的單字、片語在句子架構中使用出來，學好文法才能說出正確的句子，寫出正確的文章。

　　大多數的人害怕學文法的原因是傳統的文法學習方式都是將很多的專有名詞，如主詞、動詞、受詞、時態、三大子句……等當成公式來死背，但若是孩子已經擁有大量的閱讀書籍打下的基礎，再來學習文法架構，那就另當別論了，孩子已經具備英文語感，學習起來真的是事半功倍。

　　懷特認為孩子在剛開始學英文時，文法不是主角，並不需要在文法上著墨，應該著重語言優先而文法其次的觀念。孩子在我們實施閱讀的過程中，因為透過大量的「閱讀＋聆聽＋朗讀」，孩子不僅會模仿說出句子，而且已經知道一個句子的架構大致上應該長什麼樣子（他們雖然不會文法，但他們會說這樣講「很怪」），其實孩子已經無形當中建立了文法最重要的「架構」，此時才是學習文法的最好的時機，當然學文法最後也是需要在真實生活中能夠使用，這樣學習才是最有價值的。

文法的重要性

在這之前懷特重視的只有「閱讀上的理解」、「強調聽力上的能力」、「強調口說的表達能力」。在知道孩子的英文實力足以應付國中考試後，我認為不應停在這個滿足上，孩子的學習有無限可能，只要家長給他方向，就有發展的可能性。在反覆看了孩子做的測驗卷後，懷特發現是時候讓孩子開始文法的學習了，因為閱讀量也足夠來支撐學習文法的架構，於是我就和孩子一起學習基礎文法，當然得常常請教我們認識的教英文老師，以及 YouTube 上的熱心錄製文法影片的老師們。記得自學英文一定要善用網路資源。

文法不管在國中高中時期的考試、或是大學學測作文甚至未來更高層級的考試或是出國留學雅思、托福考試認證，都是佔很重要的一部分，而且文法對銜接高中英文寫作或是出社會從事商業書信往來的工作也是相當重要，所以打好文法的基礎就是接著要再開始努力的一環。

懷特發現學習文法只要「理解架構」，再把它融入於生活中不斷的練習，文法就會慢慢的進步！但當然重要的還是需要大量的閱讀做搭配，透過閱讀的過程，從閱讀書去驗證學到的文法，了解到文法正確的使用方式，假以時日文法也就會漸漸內化吸收！這樣的學習方式才是最正確的學習方式，您一定要相信文法一點也不難！

▍文法入門教材推薦

　　懷特選了一套比較簡單的文法練習本《Simply Grammar》，這套書幾乎涵蓋了國中所需的所有文法，我跟 2 個孩子一人一套做練習並一起討論，一段時間下來文法也學到一定程度，當然就補足了所有國中所需要的閱讀、聽力、文法各項學習指標了。

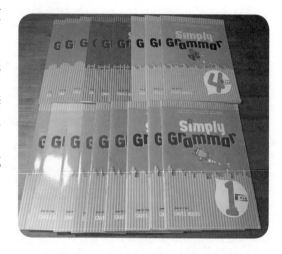

　　這一套《Simply Grammar》，哥哥（走筆當下就讀國三）當年就是寫完全套 6 冊後就升上國中了，那年他同時考上英語資優班跟數理資優班，因為英文實力已經很紮實，所以英資數資兩邊兼顧著上課，哥哥樂在其中且輕鬆應對。

　　《Simply Grammar》這套書共有六冊分六級，聽名字就可以知道這是一套為兒童設計的簡易文法教材，內容是用初學者可以理解的簡化詞彙編寫，旨在幫助學生快速輕鬆地掌握基本語法。採螺旋式的方式編寫（所謂「螺旋式」就是會讓學習單元達到重複出現練習的意思）。每冊有 18 個單元，加 4 個複習單元，共 22 個單元，薄薄的一本而已。每個單元強調一個文法重點，完成一個單元的學習時間約 10 ～ 15 分鐘，要學習和消化的文法份量剛剛好，輕鬆就學完一個文法概念。

另外，內容的單元設計方式也是我很喜歡的，以簡易、循序漸進的方向設計，用大量圖片和例子清楚地示範，練習多元化包含圈圈看、連連看和填字練習等，而且還列出容易混淆的語法項目做明確的對比，讓孩子透過漸進式的活動，建立扎實的文法觀念。而且這套書內容版式相當清爽，可以說是無負擔的輕鬆搞定基礎文法，另外這套書沒有語法規則的解釋，比較強調重複性練習，所以我會自己先稍微跟孩子講解一下語法。

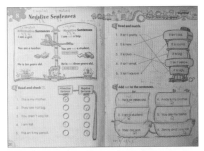

操作方式

1 家長跟孩子可以一起先到「均一教育平台」點選相關主題上課，或是直接到「YouTube 影音平台」搜尋文法單元相關主題的影片學習。

https://is.gd/AtZl3l

2 回到 Simply Grammar 再孩子一起討論本課重點（下面左圖）。

3 了解主題概念後，再陪孩子一起做題目練習（下面右圖）。

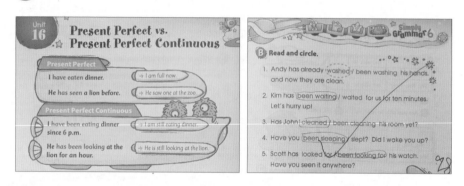

4 當然為了保險起見，懷特會偷偷的先看相關主題的文法書跟影片，也會把文法書放在旁邊以備不時之需。

▌國內外優質網站 —————————

　　最後，關於文法的學習懷特推薦兩個相當優質的國內外網站：

　　「Cool English 酷英網英語線上學習平台」（https://www.coolenglish.edu.tw）是教育部國教署為提升小學到高中職學生英語軟實力所打造的學習平台。規劃聽、說、讀、寫、文法、字彙、遊戲及歷屆試題等功能，加上寫作翻譯及課程戰力提升包，另外在 Scholastic Trueflix 專區，有近400 本英文繪本的學習資源，可依難易度選擇適合的繪本來閱讀或選擇有聲書。這個學習平台內容豐富多元且免費，真的值得家長們上去尋寶喔。

https://www.coolenglish.edu.tw

COOL ENGLISH			
課程專區∨　　比賽專區∨　　協助中心∨			
國小區	國中區	普高區	技高區
課本戰力提升包	聽力	口說	
閱讀	寫作	字彙	
文法	遊戲	會考增分區	
歷屆學力檢練練習區	學習扶助	外部學習資源	
空英口說教學影片及教案專區			

「GrammarBank.com」，家長可以好好利用這個網站提供的資源，站內有相當大的文法規則，與免費的線上練習，但提醒家長，這個網站廣告較多。簡單介紹如下：

特別建議初學的孩子可以先到底下兩個主題學習。

如何準備考私中、語資班

▌ 私中教材推薦

　　若是您的孩子準備想要考私中或是語資班、英資班,除了前面懷特所提到的閱讀、聽讀、朗讀各類的讀物與加入簡單的基礎文法之外,我再提供底下一套練習的書籍也是不錯的工具書!光田出版社的《私中入學模擬題庫》(英語科),是以刷題為前提,找出錯誤的觀念,然後檢討,真的就是應付考試用的書籍。當然這套書籍,我跟弟弟是都有操作過的喔!簡單介紹這套書籍的每一回架構,提供給家長參考:

❶ Vocabulary 字彙測驗

❷ Grammar 文法測驗

❸ Close-test 克漏字測驗

❹ Reading 閱讀測驗

https://is.gd/MaGBfk

其實，給孩子模擬私中入學試題的書，在網路書店、博客來、momo購物網……等，還有很多本類似的產品，讀者可以自行挑選，但我會選擇這本的原因是這本書總共有13回不多不少，剛剛好，每回40題選擇題，我喜歡它的特色就是每回試卷區分成四個單元，每個單元都是10題，第一單元是字彙測驗、第二單元是文法測驗、第三單元是克漏字測驗以及第四單元是閱讀測驗。是不是覺得每套書都這樣啊，有什麼特別的？

重點來了，對自學的人來說，檢討題目時最需要的就是詳細的解說答案，這本書在書末的解答中，幾乎每一題都有詳細解說原因，因此更減輕了家長擔心無法協助孩子的負擔，這也是我最喜歡的購書條件之一。

底下懷特以111年會考第8題為例說明，怎樣的解析詳細度，會讓自學者更輕鬆。

---

8. Although it took me lots of time_____ a big meal for ten people, I was happy that everyone enjoyed it.
（A）prepare （B）to prepare （C）preparing （D）prepared

解析：
本題考的是三花動詞 spend、take、cost。
take 只用於花費時間，主詞可以是 it 或花時間做的事，其中 take 後加所做的事時，要用 to + 動詞（不定詞）。即 It takes sb（time）to V（某人花多少時間做某事）
故選（B）

▌教材操作方式 ────────────────

懷特將每回分成兩次操作，每次只做一個單元的 20 題，這樣孩子就不會覺得一次做一回練習 40 題負擔很大，第一部分單字 10 題的部分孩子是幾乎不會有問題的，主要時間是專攻第二部分文法單元，這是比較細膩的地方，孩子容易出錯，所以是爲了考試要加強的重點之一，底下懷特以 111 年會考考題爲例說明：

問題 10. 考形容詞最高級概念、13. 考過去進行式、17. 考被動語態……，這些細微的文法，在閱讀過程雖有看過，但若無特別強調還是容易會錯誤，所以要稍微提醒一下，請放心孩子的實力，一點就通。

---

10. Bob is_____ of the boys in the family. He never does any housework. His brothers at least take out the garbage sometimes.

（A）lazier （B）the lazy （C）the lazier （D）the laziest

解：（D）

---

13. Yesterday when I got home from work, my brother _____ for dinner, so he invited me to join him.

（A）goes out （B）went out （C）has gone out （D）was going out

解：（D）

---

17. The police haven't found the little girl who _____ at a supermarket. They'll keep doing all they can to find her.

（A）took away （B）taken away （C）has taken away （D）was taken away

解：（D）

另外，第三部分克漏字與第四部份閱讀，會含少數「文法題」與「閱讀理解」，在閱讀理解的部分會有陷阱題，也是要小心的地方。例如：題目會連結了我們生活中的真實情境，這就是結合 108 新課綱想要的「素養概念」，若想在考試拿高分除了實力，作答的經驗與細膩度也是要訓練的。以 111 年會考考題為例：

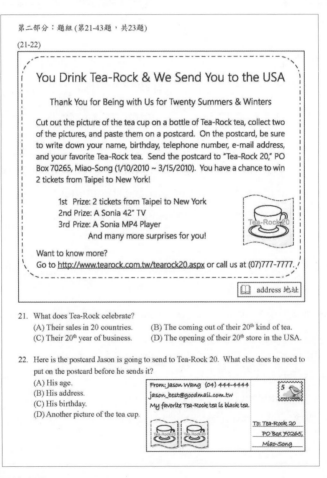

圖片來源：

國中教育會考歷屆試題 https://cap.rcpet.edu.tw/examination.html

這兩套書均符合 108 課綱素養教學，涵蓋跨領域學科多元議題與素養，書中有閱讀技巧訓練題目，每冊用 50 篇內容豐富多元的文章，打造核心素養的閱讀力！有效鍛鍊英語閱讀整合能力，從閱讀中高效培養核心素養！

❶ 《讀出英語核心素養》（寂天文化）

專為英文初學者編寫，重視跨領域多元學習，揉合生活經驗。每冊以七、八年級範圍文法寫成，體裁符合會考出題趨勢，適合國中教育會考生選用。

❷ 《In Focus 英語閱讀》（寂天文化）

專為初中級讀者編寫，以國中 2000 字為範圍，文章主題涵蓋跨學科領域多元議題，包羅萬象，貼近年輕讀者日常生活經驗，每冊分級主要針對字數、字級、文法、句子長度來區分。

25 英文的「聽、說、讀、寫」學習順序與重要性？

　　我們國內的英文教育，較著重白紙寫黑字的紙筆測驗考試，當然懷特的孩子為了應付考試也不得不背單字、理解文法，甚至背文法。但是懷特訓練孩子學英文的重點是著重先從聽開始，然後閱讀，接著說，最後才是文法與寫作。

　　大部分的台灣學生在目前的學校的英文教育方式下，因為學校老師有趕進度的壓力，所以沒有充裕的時間給孩子聽英文，孩子放學後大部分也無法大量的進行「閱讀能力」、「聽力能力」與「口說能力」的訓練，導致大部分的學生都變成很會紙上談兵的考試作答機器人，即使學習英文多年，聽還稍微好一點，至於說呢？真的要用在生活時，卻連開口說一句英文簡單句也說不出來。

　　著手寫這本書時，恰逢哥哥 Danny 是國三生，幾次模擬考下來（含桃園市市模擬），在英文成績方面表現優異，因為真的是聽力跟閱讀能

力讓他佔了優勢，英文成績都是班上最高，也是是全校錯題題數最少的學生。

　　108 新課綱強調素養主軸，強調素養的能力，其中「閱讀素養」題展現很重的比重，Danny 的英文成績能夠脫穎而出的關鍵就是聽力、閱讀理解能力、及閱讀的速度，因為考試題目對於平常沒閱讀習慣的孩子，讀起來是有些吃力且費時的。所以懷特建議家長真的要在小學時期趁孩子課業壓力較小時超前部署，因為國中階段要學的學科實在太多了，若是能夠節省一科準備英文的時間，就能把多出來的時間挪給其他科目使用。

　　最後也是我最在意的，我們學語言最終的目的及功用其實就是用來跟外國人溝通，讓自己可以和整個世界無縫接軌。若剔除應付紙筆考試，以實際應用的角度來看，大家是不是也會覺得開不了口的英文，就算考試都考 100 分，也是毫無用處，努力白費呢？因此我們也常看到報導，成年人重拾英文的學習，大部分都是為了訓練口說能力，可能是為了職場需要或是想出國自旅行。

　　語言就是一項工具，透過書寫或口說互相溝通，從聽、閱讀起步，配合孩子的學習的狀態，滾動式修正，逐步建構說到寫的能力，不需要侷限任何的範圍，也不要限制一定要教科書的教材，孩子喜歡的內容是吸引他們最重要的關鍵，家長只要耐心的陪伴，瞭解孩子的學習狀況，適時的出手在孩子卡關的地方給予協助和鼓勵，維持孩子強大的學習動機和興趣，最終英文這個工具將會一輩子陪伴著孩子，讓孩子輕鬆自在的與世界各角落自在互動。

▌多益的準備過程 ────────────

　　多益的測驗時間很長從進考場到出考場約 3 個小時，考多益有一個很關鍵的因素就是「速度」，一個是聽力的理解速度，另一個是閱讀的理解速度。兩位孩子因爲長期的閱讀輸入，還有閱讀完就在「Scholastic Learning Zone 線上英語能力閱讀檢測系統」做閱讀認證爲多益的考試帶來的超快速的閱讀答題能力，當初實在也沒想到，居然有這麼大的效益喔！

1. 多益小達人自學英文的 5 大成功秘訣

1. 用對方法，每天「規律」的習慣，打好基本功。
2. 善用「零星時間」，surround yourself with English，積少成多。
3. 找伴學習、多元主題閱讀「不設限」，不排斥就讀、就聽、就看。
4. 每天持續「大量」的閱讀 input 與聽力的 input，打造自己的英文「環境」。
5. 適時的朗讀 output，並「主動」勇於開口打造眞實用英文互動 output 的機會。

2. 多益小達人準備過程分享

● 考 980 分的 Johnny

小六弟弟（Johnny）的多益報考試時間是在 2021/12/19，懷特是在 2021/12/05 幫他報名的。我們是臨時公布有缺額時追加報名的，從報名到考試準備時間是兩週的時間，這兩週懷特只做兩件事：買了兩套模擬試題給弟弟刷題、把模擬試題的 mp3 放到雲端硬碟讓弟弟用手機播放，就在 2 個星期內總共刷了約 10 份模擬試題，讓他知道考試的規則題型與架構，也沒有特別的準備文法或背單字等等。

弟弟做了幾次模擬卷後，他的心得是閱讀測驗，從最後面的三篇閱讀先寫，依序往回寫比較順，他自己測出來的成績一次比一次高，第一次 875 低於 900，後面大約落在 920-965 之間，應該是幾次之後抓到訣竅，找到自己的節奏了。（第一次就 875，懷特被嚇到，覺得誇張，但非常高興。）

到了考試當天，進考場時相當的戲劇性，據他轉述，同考場（中原大學）的都是大人沒有小孩子，原本他排在隊伍很後面，大家看到他都很禮讓他，讓他先進入考場，上樓前懷特只交代幾句話，畫卡要小心，口罩不要拿下來，就先回家了，等時間快到了才再度回到考場樓下接弟弟。

見了他下樓，問了他考得如何？他說比模擬試題簡單，大約 4-5 題不確定答案，懷特心想就算孩子高估考個 800-900 分也是很棒了！孩子在刷模擬卷時，懷特有給孩子激勵，我們定 850 分為目標，達到目標會

給予鼓勵，懷特爸爸請吃原燒烤肉（愛吃鬼），媽媽要買他的最愛樂高給他，小時候帶過他 3 年的外婆也加碼 900 分獎學金 3000 元，我想可能獎勵豐厚，所以短短兩週，更激起了弟弟認真刷題，期間懷特只有提醒看錯誤的題目要看解答檢討錯誤，所以一回比一回的分數更進步。

● 考 965 分的 Danny

　　國三哥哥（Danny）的多益報考試時間是在 2022/6/19，懷特是在 2022/6/05 幫他報名，也是使用追加報名方式。中原大學考場沒名額釋出，所以會考結束兩週後，我們必須從桃園中壢跑到新竹考試，從報名到考試準備時間也是兩週的時間，準備方式跟弟弟是一樣，刷了同樣的模擬試題，兩兄弟模擬試題分數差異不大，倒是弟弟很擔心哥哥會超越他，但哥哥心裡也有個障礙，他能超越弟弟的 980 分數嗎？形成了有趣的競爭心態，弟弟每天會問哥哥的模擬考分數。

　　哥哥的準備心得很簡潔，他只提到要找到合適自己的答題節奏即可，說得真簡單啊。哥哥上國中的功課跟活動相當多，平時幾乎無法閱讀小說，只能寒暑假衝刺而已，相對的少了弟弟很多的閱讀時間，所以我們目標訂在 950 分，成績公布 965 也算是滿意了。

　　但若只說準備時間只有兩週的話其實是不完全對的，因為這幾年來，我們一直是「早早起步慢慢來，少即是多、慢即是快，一步一腳印，走出平凡中的實力」，因此平時真的要慢慢的累積能量才能夠讓孩子們在關鍵時刻短時間內爆發真正的實力，豪取讓人驚艷且羨慕的成績。

源源不絕學習力

常用學習網站分享

▌ 國外學習頻道

—— 日常生活會話、聽力、文法……等主題

Learn English with Bob the Canadian（**144** 萬位訂閱者）

Bob 是加拿大籍的老師，讓人感覺非常和藹可親，懷特很喜歡他不疾不徐的美式講話方式，題材跟教學方式很多元，很適合學英語的人士。

https://reurl.cc/o0QRk5

English with Lucy（**944** 萬位訂閱者）

Lucy 是一位非常漂亮有氣質的英國老師，光看訂閱率，就知道她有多吸金的外表了，想學習優美的英式腔調英語就非她莫屬了！片頭音樂讓人很有感！

https://is.gd/T9FVk1

Speak English With Vanessa （565 萬位訂閱者）

Vanessa 是一位活潑美麗大方的美國老師，善用日常生活情境，自然地學說英語。

https://is.gd/xBVSat

Linguamarina（761 萬位訂閱者）

Marina 是一名來自俄羅斯到美國創立留學機構的英文老師，對於學習英文很有研究，聽她講話感覺不出來其實英文不是她的母語。

https://is.gd/ipwHG2

ABC Learning English （131 萬位訂閱者）

這個頻道隨時都會發布一個新的影片或是以直播放送的方式來幫助學習者學習英語，很適合用來營造用英語環繞自己的環境。

https://is.gd/v6frEq

Learn English with EnglishClass101.com （735 萬位訂閱者）

Alisa 老師上課有趣幽默，影片內容也是很多元的英語學習方式，聽她用英語講解英文時感覺能很快地理解。

https://is.gd/gHikjm

國內學習頻道

── 國中、高中文法學習為主

Tr. Mavis' English classroom

懷特常常在這個頻道學習國中文法，授課老師將其在學校上課的過程錄製下來，課程講解相當仔細清楚，重點歸納完整。頻道內容涵蓋各大出版社的內容。國中英語（南一／康軒／翰林版）、高中英文（三民／龍騰版）

https://is.gd/3rGGg0

HC HUNG （Cutefish English Club）

這是一位想讓大家不要花大錢就能學好英文的老師，她認為英文學習真的不難，只要有心、用心，持之以恆，一定能成功，希望透過網路平台把平常教學內容分享給大家！讓懷特覺得一位上課很酷的老師，講解文法非常細膩，授課內容有單字、文法、作文、翻譯、以及狄克生片語。

https://is.gd/FgHpJ0

台南市立大灣高中影音教學頻道

Andy 老師的上課主要以高中英文為主，有龍騰版、三民版，內容包含單字解析、文法句型講解、課文解析、還有學測考題的解析，內容非常豐富，懷特常在這裡聽 Andy 老師用心製圖軟體講解文法。

https://is.gd/RV4sND

—— 多益主題

Cindy Sung（**21.4 萬位訂閱者**）

Cindy 老師一開始是教授多益官方授權的單字書，
「利用零碎時間背單字」講解每個多益單字及例句，
後來又推出有關國際新聞「晨讀十分鐘」單元講授
國外的英文時勢文章。

https://is.gd/dWmHyI

Ricky 英語小蛋糕（**16.1 萬位訂閱者**）

Ricky 老師是位非常幽默的愛狗人士，老師製作很多
的多益文法影片，老師講述文法快速、簡潔有力，
對於文法教學有一套獨特的見解。

https://is.gd/bi6Jhs

雪薇英文（**19.1 萬位訂閱者**）

老師主要深感台灣學生對於英文學習的無力感及害
怕，所以透過頻道分享教學影片來幫助同學！教授
內容以多益為主，目前有加入國外英文新聞文章解
析分享。懷特最喜歡的單元是「多益必考短語學單
字」，透過播放短語影片來洗腦最後自然地把單字
背起來。

https://is.gd/v6Ov4J

Parker English 怕渴英文（**13.9 萬位訂閱者**）

這是一個專門訓練多益聽力以及多益單字的頻道，每
集單字影片片頭會先有 1 題題目，片尾老師會親自解
析，至於聽力影片的部分，會先朗讀，不給字幕，第
二次給英文字幕，第三次再給中文意思，確實是不錯
的通勤時學習的好頻道。

https://is.gd/izGcku

　　以上頻道，都是懷特自己進修時常看的頻道，提供給大家參考，其
實還有很多不錯的頻道，就看個人的喜好了！

大師鼓勵語錄

美國著名女演員艾米‧波勒：

Find a group of people who challenge and inspire you;

spend a lot of time with them, and it will change your life.

找一群會挑戰和激勵你的人；

花很多時間和他們在一起，這將會改變你的人生。

培養多元自學力

　　前面跟大家分享了好多的英文學習方法與英文故事書，大家或許以為懷特家孩子的時間應該全部花在學英文了，那可就誤會大了，兩位孩子還學校的學習也是一直保持在班上前三名喔！最後這一小節簡單跟大家分享懷特家的學習是很多元的。懷特跟懷特夫人都是鼓勵孩子，動態的學習與靜態的學習要均衡發展，我們試著培養能靜能動、文武雙全的孩子為目標，孩子想學甚麼，全力支持與陪伴，無形之中孩子自然會發展出一套自我學習的模式。孩子的想法天馬行空，有無限的創造力，雖然有時候也會很無厘頭，但這就是激起孩子心中學習動力的火花，常常會讓身為父母的我們感到非常驚訝，怎會有這樣的想法呢！底下列舉懷特家孩子的一些學習項目，有些有獎狀紀錄或是影片紀錄提供證明與參考喔！另外，每個學習項目不是只有蜻蜓點水沾一下而已，而是至少要學到有點程度，才能真正體驗到該學習項目的樂趣。

靜如處子，動如脫兔

首先懷特來聊聊戶外活動與運動——

在孩子小學期間我們幾乎每個月都會去山上露營與爬山，讓孩子接觸大自然，享受美景與寧靜，露營對孩子來說，最大的學習就是「一切都要自己 DIY」、家人彼此分工合作，搭帳棚、煮東西、組裝桌椅……等。露營好處多多絕對值回票價，經濟實惠，而且帳篷就像是自己的假日別墅，所在之處擁有絕佳美景，對大人來說更是降低平日上班的壓力與呼吸新鮮空氣的好所在。

在孩子擁有一定的英文表達能力之後，我們與友人開始規劃自己勇闖國外旅遊的行程，我們會跟好友一起規劃兩個家庭共 8 人，其中 4 個孩子都是年紀相仿的男孩，其中朱姓友人英文程度也相當流利，我們一起帶著孩子勇闖歐洲各國以及東南亞 20 幾個國家，參觀各大學名校（為將來留學鋪路），除了讓孩子更有國際觀、世界觀，也讓孩子知道擁有好的英文能力真的能走遍世界各地快速「學習獨立成長」。其中這四個孩子都是使用書中懷特英文學習方式長大的。

奧地利哈爾施塔特

德國國王湖

在運動方面，孩子從幼稚園開始我們是每天都要公園跑跑跳跳的，運動是每天的例行公事，懷特非常喜歡教孩子運動項目，包含籃球、桌球、游泳、羽球、溜冰、雙龍板、蛇板，棒球，扯鈴，飛盤、騎自行車……等，運動方面是懷特的強項，以上幾項運動懷特真的都是有兩把刷子的喔！懷特自從小就喜歡運動自學接觸各種運動，因此在帶孩自學指導孩子的時候，算是相當容易上手的，底下均有照片影片為證。

自行車公路訓練

https://is.gd/vCaWah

爸爸陪孩子
打羽球

https://is.gd/zZUtnZ

爸爸訓練孩子
桌球基礎抽球

https://is.gd/HbDYYa

懷特的投籃身手
不是蓋的喔！

https://is.gd/KJs2Vt

會考後哥哥的投籃練
習，虎父無犬子

https://is.gd/zbiB7k

在飲食方面，兩個孩子也喜歡進廚房動手，我們會教孩子學習營養保健自己動手做菜，盡量少糖、少澱粉，懷特兩夫妻均認為減少糖份的攝取，較容易集中學習專注力。

接著懷特來介紹較偏靜態方面的學習，哥哥小時候很活潑，當時小一我們是想讓他能夠透過書法來穩定心性，一週一個半小時，跟著附近鄰居的書法老師學了二年，到小三、四那兩年他的作品被刊載在校慶的校刊上，弟弟書法也學了一點，但 2020 遇到疫情來襲，就中斷學習了，有點可惜。

言微妙先受秘密哉
法纜遊天竺國徧泰
高僧受經律論鍪是
深入法海博采道要
一○○年孟夏廖文謙書

404廖文謙

2021.01.02

九成宮醴泉銘
秘書監撿挍侍中鉅
鹿郡公臣魏徵奉
勅撰
維貞觀六年孟夏之
月皇帝避暑乎九成
之宮此則隨之仁壽
宮也冠山抗殿絕壑
為池跨水架楹分巖
竦闕高閣周建長廊
四起棟宇蒼臺榭參
仰視則迢遞百尋
臨則崢嶸千仞珠壁
交暎金碧相暉照灼
雲霞蔽虧日月觀其
移山迴澗窮泰極侈

禪繞畫、畫漫畫、平板手繪都是兩兄弟自己在網路上自學的，自學這點確實也是讓懷特佩服了，下方圖的每張漫畫都是弟弟花了十幾個小時才完成的，沒人教他只看網路資源就無師自通，真的是一筆一畫用鉛筆畫出來的！。所以讀者們千萬不要小看自己的小孩，因為你不會的，孩子未必學不會，除了運動，孩子的這些才藝懷特是幾乎不會的，但懷特會支持孩子、給予意見、並且引導孩子自己尋找學習資源，這才是培養孩子自學能力的過程。

樂高積木不管是靜態的拚積木或是動態要寫點簡單程式的 EV3，兩位孩子都在暑假的時候，看書、看影片自學，玩積木跟拼圖一樣可以訓練孩子的耐心跟創造力，懷特強力推薦自幼兒就給孩子做這樣的活動。

　　Tello 遙控飛機再搭配手機螢幕，就可以讓孩操作小飛機在天上飛，別小看這台飛機，操作這飛機這是很需要方向感的喔。

　　Scrach 程式撰寫是小學生在校資訊課就有教的課程，所以兩位孩子都很熟悉這個程式軟體，我們自己買了 Mbot 機器人，Mbot 機器人組裝容易，可以結合 Scratch 程式來做變化控制機器人呈現機器人多重功能的方式，同時也可以透過手機藍芽來操控，更酷的是它有循跡感測器，可以自動感測地面畫的軌跡前進。哥哥參加學校的 Scratch 程式遊戲設計也有得獎。

弟弟玩樂高 EV3

https://is.gd/8yJLCL

Python 軟體程式目前很流行的程式設計語言，用於 Web 應用程式、軟體開發……等，Python 可以免費下載又容易學習，還可以考國際認證，也是孩子學習程式語言不錯的選擇，我們自己購買書籍，跟觀看網路教學影片學了一些基礎的概念。當時自學一段時間後，在跟外師聊天時，無意間得知外師 Chris 正好會寫 Python，也順便給孩子上了幾堂課。

以上這些活動期使只是想讓孩子提早接觸程式設計，更進階的課程還是要有專業人員引導的喔。

外師上 Python
https://is.gd/JxeNNB

魔術撲克牌或是移動硬幣的魔術孩子也是自學來的，雖是自學但也是變得有模有樣的，只要孩子有興趣，喜歡探索，我們夫妻倆都是給予孩子嘗試。孩子迷上撲克牌時，全家從中壢搭高鐵到台北市台灣大學附近的一家撲克牌專賣店，懷特本來以為一副撲克牌就是 30 塊而已，但這裡的撲克牌實在太專業了，動輒幾百塊上千元，孩子想要只能談條件了，買一副撲克牌要看幾本英文小說，看完才能開，也是一種變相鼓勵方式。

至於照片中的紙槍、紙刀（鬼滅之刃）、
紙飛機，都是用 A4 的回收紙張，一張一張
疊起來，或是紙箱厚紙板做成的，兩兄弟也
喜歡動手做東西，在做立體紙飛機時，孩子
逗趣的說要載爸爸媽媽去環遊世界。

弟弟創作
立體金字塔
https://is.gd/wewiVV

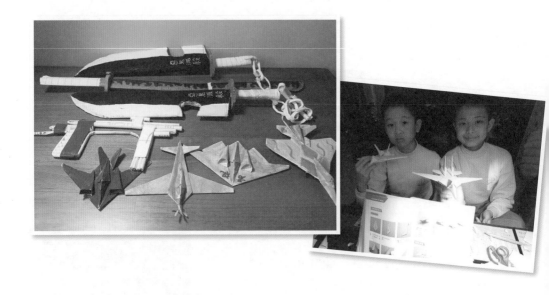

　　魔術方塊是哥哥的最愛，從懷特夫妻引導他解 3×3 的第一層之後，
他就自己一路學習摸索，從 2×2、3×3、4×4、5×5、6×6、7×7、
一直到 12×12 面體，甚至是不規則的魔術方塊也難不倒他，懷特一路
回想，練習解魔術方塊應該也有打開他的大腦運作，或許可以用武俠小

說中的「打通任督二脈」來形容，學甚麼像甚麼，這孩子能文能武，雖不到十八般武藝樣樣精通，但也是在水準之上了，有哥哥的帶領，弟弟也是緊追在後，學習更多元的能力。當時哥哥很迷魔術方塊，他媽媽還陪著他搭車南下台中，一路轉車，走路跋山涉水的帶著他去參加小丸號舉辦的比賽，當年在眾多的參賽者還拿到解 3×3 的第 4 名，解一顆 3×3 只要不到 15 秒。因為哥哥對於魔術方塊的喜愛，自己開創一個 Youtube 頻道用全英文拍攝教學影片。

哥哥用全英文一步一步教解魔術方塊的影片

https://is.gd/BJrnD6

哥哥解 7×7 的魔術方塊
https://is.gd/Jw6Wv1

觀看弟弟解 2×2 ～ 5×5 影片

https://is.gd/3cWcTg

因爲孩子喜歡手做，英文小說的大小跟一般書籍不太一樣，所以懷特就帶著孩子自己去買木板，自己鋸木板，自己塗鴉寫上製作日期，鑽洞鎖螺絲，DIY 書架，也順便培養親子的感情。孩子的房間因爲時間久了油漆脫落還有小時候亂塗鴉，懷特也是帶著一起去買油漆、刷子、補土、刮刀等材料，自己粉刷房間，眞的是很有成就感的 DIY 活動。

請掃描底下 QR Code 觀看三個人合力製作書架過程影片。

https://is.gd/Xa6SOH

　　大富翁、象棋、跳棋、西洋棋、拉密、麻將、益智桌遊、拼圖、數感傳奇……等。關於桌遊的活動也是懷特家不可或缺的活動，孩子們的最愛應該是算是西洋棋跟拉密了！他們最愛跟媽媽下西洋棋，拉密有時候外婆來訪也會加入戰局。

外師用全英文跟孩子玩桌遊的互動過程。 https://is.gd/cgSxy1

兩兄弟下西洋棋時，也不忘練習英文對話 https://is.gd/x6yDdN

　　大家都說小孩子從小先學鋼琴最好，有了識譜的樂理基礎，以後長大要學甚麼樂器都比較容易上手。懷特鋼琴對一竅不通，只能花錢讓孩子去上課；學了半年左右孩子不想學中斷，又隔了接近 2 年，孩子想學流行歌曲的彈奏，不是傳統古典的曲子，結果孩子真的愛上彈鋼琴，雖說不是很厲害，但是彈出來的曲子也上得了檯面了。口琴則是懷特夫人帶著孩子自學的，果然有鋼琴底子，口琴一下就上手了。

觀賞哥哥彈鋼琴搭配電影主題曲，氣勢磅礴的樣子 https://is.gd/YO9NmK

兩位孩子，一個口琴，一個鋼琴雙重奏，彈奏懷特點歌大學時期的流行歌曲。 https://is.gd/98r48I

以上除了書法跟鋼琴入門時不是自學的活動，其餘的項目都是懷特跟孩子一起共學自學的，另外一點懷特想跟大家強調的是要培養孩子「自學」的能力。

　　眞的很重要喔。此時你一定會想說懷特你是在哈囉嗎？我怎可能會那麼多，其實只要你想學一定有辦法，除了鋼琴跟書法懷特剛開始沒辦法引領孩子自學外，其餘都是自己看書，或是在網路上找學習資源，尤其是 YouTube 更是最佳的學習工具，輸入關鍵字就有很多影片可以觀賞學習。

愛自學的懷特也無師自通幫孩子剪了十幾年的頭髮。　https://is.gd/8vknmv

懷特小語

1. 在撰寫這本書的過程中，哥哥會考順利考上了第一志願桃園市的武陵高中。
2. 在截稿前，哥哥在武陵高中參加全校即席演講比賽，獲得第 2 名佳績，再次證明懷特的方法，在高手雲集的地方，一樣是能夠脫穎而出的！所以請讀者們，要有信心，成功的關鍵，在於耐心、堅持與執著，我們共勉之。

大師鼓勵語錄

美國暢銷書作家，奧格・曼迪諾（Augustine "Og" Mandino II）：

Always do your best. What you plant now, you will harvest later."

永遠全力以赴，今日播下的種子，將來一定會得到豐收的。

懷特總結超級十大重點筆記

一、早早起步，慢慢來，善用零星時間，積少成多。

二、沒有慧根，也要會跟。

三、滾動式修正學習方式，慢慢跟孩子磨合。

四、陪伴、鼓勵（插秧播種）了解小孩子的程度。

五、利用孩子的慾望當手段、誘惑，達成你要的學習目標。

六、別怕花錢，自學花的都是小錢，其實是投資省大錢。

七、「堅持」是最關鍵。每天都要挑一個固定時段，制約
　　學習（習慣的養成）。

八、「閱讀」＋「聽讀」＋「朗讀」——無極限，長時間
　　不間斷製造「複利學習」之「滾雪球學習法」。

九、等待（英文種子發芽，一起成長）。願意等待孩子英
　　文種子的開花那一刻。

十、多元學習，培養自學的能力。

MEMO

跟著做，慢即是快，一步步成功自來

新北市光復高中數學科老師

家長　**林君齡**

　　跟著懷特老師的腳步一路走來，孩子自在的悠遊在英文書海，順利和世界接軌。也把英文當成第二母語，順利考上國中語資班，多益成績也有 785 分的表現，幾年的陪讀換來無價的濃厚親情，也換來孩子對英文的自在、自信。每個人都可以，跟著懷特老師一起做吧！

學生　**何名恩**（兒）

　　記得小時候，懷特老師教我跟讀英文書，我從不愛看書到老師引導我看《My Weird School》、《馴龍高手》、《The 39 Clues》……甚至哈利波特我都可以閱讀了。發現讀書的樂趣之後，看英文書、聽英文書變成是我每天必做且熱愛的事情，老師教我從跟讀，朗讀，到閱讀，每天一點點練習就可以學會，同學看到我拿著厚厚的書都覺得我是英文高手，非常崇拜我。我超愛英文的，同時也在小四這年多益成績來到 705 分，謝謝懷特老師。

學生　**何欣倫**（女）

　　在學習英文的過程中，原本的我不會閱讀英文書籍，只能看圖片，猜測書中想表達的意思。經過懷特老師的教導後，我開始懂得如何閱讀，令我開心的是，我可以閱讀很多原版的書，看原文書最大的好處是

可以更了解作者真正想要表達的意思，也不會受到翻譯過程的影響！我現在可以在英文書海中享受閱讀的樂趣。同時也在小六這年多益成績來到 785 分，懷特老師謝謝您。

跟著金牌教練，Just do it!

淡水天生文理音樂補習班主任
家長　張玉青

只有專業才能教出專業？只有天資聰穎才能得高分？

有心有方法、堅持自律自學，跟著金牌教練 Jerry 的方法實做，個個是人才、人人都有才，Just do it. 你會看到孩子的成就。

學生　朱紘寬（兒）

This is a planned and systematic way of learning and it does not require a high foundation. As long as you are willing to pay, you will be rewarded.
（多益成績 655 分）

學生　朱紘均（兒）

Teacher Jerry's method can be easily learned without knowing a lot of words. Listening to the audio files repeatedly can increase the impression. You don't need to memorize them deliberately, but you need regular practice.（多益成績 655 分）

自學英文也能有一片天！

國立高職數學科教師
家長　**張瑞成**

　　有些人至少背了 7000 單字以上，在面對外國人時仍然啞口無言的大有人在。二年前有幸跟著懷特老師回到學習語言的根本，利用大量閱讀與無極限的聽，不僅沒有硬背生冷單字的枯燥，反而享受繪本內容的樂趣、增進了語文能力，更讓孩子習慣了語言句子。我家 6 歲及 8 歲的孩子，從來沒在外面補習英語，跟著懷特老師的腳步，目前都能獨立閱讀初級章節書。現在懷特老師出書，造福不知如何起步的孩子與家長，懷特老師鉅細靡遺的寫下操作步驟跟方法，只要您與孩子確實執行，一定會發現孩子的英語能力真的潛力無窮。英文學習的方法有很多，英文能力更是孩子未來生存的技能之一，本書絕對是英文學習者必備的葵花寶典。

早早播種跟著做，慢慢等著孩子發芽！

新北市光復高中數學科老師
家長　**顏玉如**

　　按照懷特老師的理念，原來英文很不好的我還是可以陪伴孩子學好英文，讓我了解到原來學習英文可以這麼簡單，當你看到孩子時間一到

時就自動拿起英文故事書開始朗讀、開始聽時讓我真的是滿滿的感動，學好英文不需要狂背單字不需要靠名師、花大錢，只要跟著這本書的方法一起做，各位家長都是孩子們學習英文的名師啊！

PS：很值得高興的是，在懷特老師的指導下，我家小五女兒已經可以開始讀《哈利波特》原文書了！

學生 蕭子甯（女）

原本在大型補習班補習的我從來沒讀過真正的小說故事書，在媽媽的朋友介紹我在 11 個月前遇到 Teacher-White，老師從 Junie B. Jones 開始引導我進入閱讀世界，接著是《Nate the Great》（小小偵探），然後在寒暑假我大量的聽跟閱讀全系列的《My Weird School》全系列，接著是《Magic Tree House》（神奇樹屋）老師教我利用零星時間一套又一套的閱讀、朗讀、跟讀之後，這個月老師鼓勵我先看《哈利波特》電影然之後再挑戰小說，我真的很高興我居然挑戰成功了！我已經可開始閱讀《哈利波特》原文書了！ White 老師謝謝您！

堅持每天零碎時間的學習，少即是多、慢即是快

台灣大哥大主任工程師
家長　**羅文欽**

懷特老師的英文教學特色在於先調整父母與小孩的心態，父母必須要先了解如何階段性制定學習計畫及陪伴小孩，小孩也必須了解每日堅持學習的重要性，只要突破了堅持這一關，學習成果只是時間早晚的問題，最後必然開花結果。

我們的孩子在懷特老師的指導之下，培養出「少即是多、慢即是快」的觀念，堅持每天零碎時間的學習，不只是英文能力的進步，還有學習態度的改變，成績的進步真的都看得見，孩子也順利考上國中英語資優班，在國中第一次的全校英語能力測驗中，也獲得校排前 20 名的佳績，真心由衷感謝懷特老師！

學生　**羅心妤**（女）

一開始閱讀英文章節小說時很難，閱讀速度很慢，看不懂的單字也很多，還好 White 老師很會引導鼓勵，要我不懂的單字就是猜猜看，不要急著查，後來發現有些單字前後文會重覆出現，大概就猜出來可能的意思了，最後雖然花了很長的時間才成功挑戰第一本英文小說，但是真的超級開心，之後一本比一本速度都再快一點，不知不覺把一套英文小說就看完了，真的是不敢相信！

小六時老師開始教我文法，從最基礎開始教，一直反覆螺旋式的重覆練習，有時候覺得這個文法已經會了為什麼還要再學，結果發現還是不夠明白，再學一次才真的弄清楚，而且每天只花一點時間，居然在一個暑假內就把國中三年的文法學完了，明顯感覺英文進步好多。

　　畢業前學校老師鼓勵我報名參加國中語資班，其實內心非常害怕，覺得完全沒有把握，懷特老師知道後鼓勵我要有信心，只要堅持每天花一點時間學習就可以，後來接到成績通知考上的時候，好像作夢一樣，心臟都快跳出來了，謝謝懷特老師！

後記

　　撰寫這本書是一段引人入勝的旅程，我已經知道成功學習英語的秘密，也知道最有效率的練習方式，期許自己能夠幫助更多的孩子甚至家長學好英文，為台灣的英語力貢獻一份心力。雖說寫一本書真不容易，每每回憶起書中的每一個細節卻總是能喚起我心中的感動，期許這本書能讓讀者參考我的方法之後，也能感受到與孩子們一同學習的樂趣。

　　這本書的內容方法跟其它書本比起來有其獨特性、連貫性，更具有前瞻性。寫這本書最困難的是，一開始我腦中有非常多的心得需要整合，但就像我書中寫的，邁開第一步自然會帶領著你前進到下一步。我邊寫內容、邊修改大綱，一開始並不知道書本最終呈現的結果會是什麼樣子，但就跟陪伴孩子學習一樣，要「相信過程」，走過的每一步都算數。就這樣一本獨一無二，懷特一生致力於分享的學習方法，終於完成了！

　　現在，看完這本書，對你來說學好英文應該不只是一個夢想了吧！請給自己一次機會，更要給自己的孩子機會，讓英文無痛的進入更多人的世界。

　　最後，我要鼓勵那些跟我一樣曾經被英語所困的讀者，或者到了成年仍對英語學習感到無比沮喪的學習者，千萬不要讓這本書的內容只待在你的腦袋裡 ──「心動就馬上行動」，請照著本書的訓練方式讓它成真。只要你願意規律地投入時間與精力，下一個口說流利的人就會是你！期許本書為你帶來正向的改變，遇見說英文的自己。

　　相信我，和勤奮的人在一起學習，你不會懶惰的。

　　和積極的人一起學習，你不會消沉的。

Jerry-White

國家圖書館出版品預行編目（CIP）資料

親子英文自學筆記大公開/傑瑞懷特(Jerry-White)作. --
初版. -- 臺中市：晨星出版有限公司, 2023.06
　　264面 ;16.5 × 22.5　公分. -- (語言學習；34)
ISBN 978-626-320-444-7(平裝)

1.CST: 英語 2.CST: 讀本 3.CST: 親子

805.18　　　　　　　　　　　　　　　112004765

語言學習 34
親子英文自學筆記大公開
小六多益980分、國三965分的閱讀養成計畫

作者	傑瑞懷特 Jerry-White
編輯	余順琪、楊荏喻、陳馨
封面設計	耶麗米工作室
美術編輯	李京蓉

創辦人	陳銘民
發行所	晨星出版有限公司
	407台中市西屯區工業30路1號1樓
	TEL：04-23595820　FAX：04-23550581
	E-mail：service-taipei@morningstar.com.tw
	http://star.morningstar.com.tw
	行政院新聞局版台業字第2500號
法律顧問	陳思成律師
初版	西元2023年06月15日
初版三刷	西元2024年07月01日

讀者服務專線	TEL：02-23672044／04-23595819#212
讀者傳真專線	FAX：02-23635741／04-23595493
讀者專用信箱	service@morningstar.com.tw
網路書店	http://www.morningstar.com.tw
郵政劃撥	15060393（知己圖書股份有限公司）
印刷	上好印刷股份有限公司

線上讀者回函

定價 380 元
（如書籍有缺頁或破損，請寄回更換）
ISBN：978-626-320-444-7

本書圖片如內頁未標註出處來源，皆由作者提供

Published by Morning Star Publishing Inc.
Printed in Taiwan
All rights reserved.
版權所有・翻印必究

───── | 最新、最快、最實用的第一手資訊都在這裡 | ─────